RECHERCHÉE PAR LES LOUPS

LES LOUPS CENDRÉS

MILA YOUNG

Traduction
SOPHIE SALAÜN
Sous la direction de
JEAN-MARC LIGNY

RECHERCHÉE PAR LES LOUPS © Copyright 2020 Mila Young

Couverture par TakeCover Designs

Traduction: Sophie Salaün

Sous la direction de: Jean-Marc Ligny

Venez découvrir mes romans sur www.milayoungbooks.com

Tous droits réservés, en vertu des Conventions Internationales et Panaméricaines sur les droits d'auteurs. La reproduction ou l'utilisation d'un extrait quelconque de ce livre, par quelque procédé que ce soit, tant électronique que mécanique, en particulier par photocopie, par enregistrement, ou par tout système de mise en mémoire et de récupération de l'information, est interdite sans l'autorisation écrite de l'éditeur/auteur.

Ceci est une œuvre de fiction. Les noms, personnages, lieux, et évènements sont soit le fruit de l'imagination de l'auteur, soit utilisés de manière fictive, et toute ressemblance avec des personnes réelles, vivantes ou non, des établissements commerciaux, des évènements ou des lieux serait purement fortuite.

Avertissement : la reproduction ou la distribution non autorisée de cette œuvre protégée est illégale. Les infractions criminelles au droit d'auteur, y compris les infractions sans contrepartie monétaire, font l'objet d'une enquête du FBI et sont passibles d'une peine de prison pouvant aller jusqu'à 5 ans, et d'une amende de 250 000 $.

CONTENTS

LES LOUPS CENDRÉS

Recherchée par les Loups

Attirée par les Loups

Obsédée par les Loups

DÉDICACE

À mes amis qui me prêtent toujours une oreille attentive quand je leur expose mes nouvelles idées d'histoire à raconter,

À mes éditeurs, incroyablement talentueux, qui font ressortir le meilleur de mes histoires,

À mes bêta-lecteurs qui me donnent leur précieux avis, et avec qui j'aime toujours autant discuter.

Je vous aime.

Mila

Des protecteurs puissants. Des partenaires unis par le destin. Et un secret mortel.

Ils me traitent en paria, ils disent que je suis faible.

Durant toute mon existence, j'ai lutté pour ma survie ; fuyant une attaque perpétrée contre ma famille, j'ai fini par me cacher parmi la meute des Loups Cendrés. Cette décision pourrait être ma plus grande erreur. Et dans ce domaine, je suis la reine...

Je leur laisse croire que je suis brisée, je les laisse croire aux mensonges. Je les laisse croire tout ce qu'ils veulent… du moment que ce n'est pas la vérité.

Un monstre vit en moi, fait de dents, de griffes, et d'un besoin terrifiant. Je l'enfouis en moi, je le cache à la vue de tous en prétendant être normale. Mais je ne suis pas normale. J'en suis très loin.

La seule chose qui pourra nous sauver, la meute des Loups Cendrés et moi, c'est une union. Mais j'ai besoin de quelqu'un d'assez fort pour combattre les ténèbres en moi… et d'assez sauvage pour rester.

Ces loups métamorphes impitoyables accepteront-ils de me venir en aide… quand ils découvriront ce que je suis réellement ?

Voici le Livre 1 d'une trilogie de romance paranormale, pour celles et ceux qui aiment les protecteurs puissants, les loups métamorphes et les scènes torrides.

PROLOGUE

Le grincement de la porte me prévient qu'on entre dans ma chambre.

– Maman ?

Pleine d'espoir, je roule dans mon lit.

Mais c'est Jaine, notre voisine. Elle se précipite vers moi, yeux noisette, cheveux blonds ébouriffés, dans sa chemise de nuit bleue rapiécée. Elle est toute pâle, sa respiration est rapide, hachée. Je me souviens du sang et des larmes qui ruisselaient sur ses joues lorsqu'elle est arrivée au campement, après le massacre de sa famille par les Monstres de l'Ombre. La lumière du matin illumine ma petite chambre, et des silhouettes passent à l'extérieur, devant ma fenêtre. La peur que j'ai lue sur son visage est ancrée en moi, et m'effraie toujours… et aujourd'hui, alors qu'elle pénètre en trombe dans ma chambre, elle a le même regard.

Mes cheveux se hérissent sur ma nuque, et je remonte la couverture sur ma poitrine, tandis qu'un gémissement s'échappe de mes lèvres.

– Qu'est-ce qui se passe ?

– Meira, ma douce, murmure-t-elle, haletante. (Elle est un peu plus jeune que Maman, mais elle s'occupe déjà de moi.) La mort rôde aujourd'hui. Nous devons faire vite et garder le silence maintenant.

Elle s'étouffe sur ces derniers mots, et les larmes ruissellent sur ses joues. L'éclat dans les yeux de Jaine laisse entrevoir son loup, juste sous la surface. Sa peur emplit la pièce, épaissit l'air.

Je remue pour m'asseoir droit dans le lit, et je redresse les épaules.

– Où est Maman ?

Ma petite chambre est baignée de la lumière du matin, et des silhouettes courent dehors, devant ma fenêtre. Mes rideaux sont tirés, et leurs ombres forment un théâtre de marionnettes effrayant.

Elles bougent vite.

Il y en a beaucoup trop. Dans ce campement,

nous sommes une douzaine de femmes à nous cacher du danger extérieur. Les grillages hauts de trois mètres et surmontés de barbelés les ont toujours tenues à distance.

– Jaine, qu'est-ce qui se passe ?

– Les créatures sont là. (Elle jette un œil par-dessus son épaule, vers la porte entrouverte.) Il faut que tu te caches.

Un frisson parcourt mon corps. Je hais les Monstres de l'Ombre. Frissonnante, je serre mes bras autour de mon corps, vêtu d'un simple pyjama. Nous avons déjà fui les créatures auparavant, puis nous avons trouvé cet endroit avec Maman. Notre refuge. Du moins c'est ce que je pensais.

– Il faut que je trouve Maman, murmuré-je.

Juine ne me répond pas. Elle se contente de me saisir le bras et de me tirer hors du lit.

La maladie dont je souffre depuis la naissance envoie des vagues de douleur dans mes membres. Je grimace sous le coup de la souffrance qui s'acharne sur ma chair, semblable à des griffes. Maman n'arrête pas de dire que c'est mon côté loup qui essaie de ressortir. J'ai déjà quatorze ans et ma première mutation n'a pas encore eu lieu.

C'est d'ailleurs pour cette raison que je ne devrais plus être en vie, mais Maman dit que je suis son petit miracle. Pendant des années, nous avons fui les loups qui m'auraient tuée pour ce que je suis, et nous avons rejoint plusieurs communautés de femmes, au hasard, pour ma sécurité. Maman ment aux autres femmes, leur disant que je n'ai que onze ans, que je n'ai pas encore atteint la puberté, afin qu'elles n'aient pas elles aussi envie de me tuer. Je suis mince et je fais jeune pour mon âge. Jusqu'à présent, nous avons survécu.

– Faisons vite et sans bruit, Meira. Répète ces mots dans ta tête, ça t'aidera.

J'ai trop mal à l'estomac. Mon regard dévie vers la fenêtre, vers l'agitation qui règne à l'extérieur. Quelqu'un crie et je grimace, m'agrippant au bras de Juine. Pourquoi Maman ne vient-elle pas me chercher ? Où sont tous les autres ?

C'est un havre de paix. C'est notre foyer.

Mais Maman avait tort. Les Monstres de l'Ombre sont entrés en force, comme ils le font toujours.

Jaine se penche, agrippe mes épaules, et me fixe droit dans les yeux.

– Répète ces mots : vite et sans bruit. Encore et encore.

Les larmes me montent aux yeux. Un an de paix. C'est tout ce à quoi nous avons eu droit, et maintenant les démons sont de nouveau à notre porte.

Jaine me saisit le poignet, et nous nous baissons le plus possible en nous précipitant hors de ma chambre, puis dans le couloir. Elle ouvre en silence la porte du petit placard de l'entrée, où nous rangeons les balais et les bottes d'hiver. C'est là que Maman m'a entraînée à me cacher, jusqu'à ce que je sois capable d'y aller les yeux fermés. La porte possède un verrou à l'intérieur aussi.

– Vite et sans bruit, ma puce, d'accord ?

Jaine a la voix qui tremble, elle panique.

Je trébuche dans la cachette, me retourne pour lui faire face. Mon cœur tambourine à mes oreilles.

– J'ai peur.

Une explosion détonne quelque part en arrière-plan, et toute la maison est ébranlée. Jaine ferme la porte en hâte, et les ténèbres m'engloutissent. Les doigts tremblants, je mets le verrou en place, et je recule jusqu'à ce que mes talons heurtent un seau. Blottie dans un coin, au milieu de vieux vêtements, j'étreins mes genoux.

Je me balance d'avant en arrière, faisant tout mon possible pour ne pas gémir trop fort.

Vite et sans bruit.

Nous étions censées être en sécurité ici. Maman me l'avait promis.

J'entends une femme crier au loin, et je frissonne.

Des grognements tonitruants, du verre brisé, des bruits de pas qui martèlent le plancher. Je ravale mes cris, m'enroule autour de mes genoux pliés.

Les Monstres de l'Ombre sont dans la maison.

Je n'arrive plus à respirer... Ils vont me massacrer.

J'entends un raclement, comme si l'on traînait quelque chose sur le sol. Puis tombe un silence de mort.

Je n'entends plus que ma respiration et le martèlement de mon cœur.

Je vois des ombres passer sur les lattes de bois, juste derrière ma porte. Accompagnées d'une odeur de viande rance. Mon estomac se contracte tellement fort, j'ai l'impression que je vais vomir.

Un autre cri déchire l'air, et je sursaute ; je me mords fort la lèvre inférieure pour m'empêcher de sangloter.

Quelqu'un frappe le mur, juste à l'extérieur de ma cachette. Je recule encore, le dos pressé contre le mur. Chaque fibre de mon être tremble violemment, mais je ne parle pas. Je ne fais pas un bruit. Sinon ils risquent de m'entendre.

Un bruit de succion, déformé par des hurlements, emplit mes oreilles.

J'ai envie de hurler, de courir. Je plaque mes mains sur mes oreilles, baisse mon menton contre ma poitrine et me balance d'avant en arrière.

Vite et sans bruit.

Vite, et sans bruit.

Vite, et sans bruit.

Vite, et sans bruit.

Je ne sais pas combien de temps s'écoule. Les larmes ruissellent sur mon visage. Je n'arrête pas de trembler. Finalement, je m'avance un peu, colle mon oreille contre la porte. La sueur coule dans mon dos. J'ai des crampes aux jambes à force d'être restée si longtemps sans bouger. *Maman, où es-tu ?*

Quand l'angoisse de l'attente me submerge, j'ôte le verrou. La porte s'ouvre en grinçant. Mon cœur s'arrête.

Je me fige sur place.

Inspire.

Expire.

Rester assise ici fait de moi une cible facile. *Vite,*

et sans bruit. Alors je m'oblige à regarder à l'extérieur.

On dirait qu'on a balancé de la peinture rouge sur les murs, mais l'odeur nauséabonde me dit que c'est du sang.

Jaine gît sur le dos, les jambes et les bras tordus, brisés. Elle a le ventre ouvert. Ses côtes brisées transpercent le tissu de son pyjama. Je vais être malade.

La terreur m'étreint la gorge.

« N'aie pas peur de la mort, dirait Maman. Nos corps ne sont que des vaisseaux avant notre ascension vers le paradis. Si tu vois un mort, détourne le regard, et poursuis ton chemin. »

Je détourne le regard de Juine, et me précipite hors du placard.

Le silence est étouffant.

J'explore rapidement la maison dénuée de meubles, et je n'y trouve personne. Je cours pieds nus d'une pièce à l'autre. Abandonnée. *Maman, où es-tu ?* Mon pyjama est plaqué contre ma peau par la sueur froide.

Il y a d'autres maisons dans ce domaine où elle pourrait se cacher, alors je me glisse dans le jardin.

La pluie tombe et le tonnerre gronde dans le ciel meurtri. Un éclair traverse les cieux.

J'ai le souffle coupé en découvrant la scène devant mes yeux.

Il y a des cadavres partout, c'est le chaos autour de moi. Des mères. Des enfants. Des gardiens. Une douleur atroce me déchire le cœur. J'aurais dû essayer de les aider, au lieu de me cacher. Je reconnais des visages familiers, et mon estomac se révulse à la vue de ces amis et voisins mutilés, en sang.

Je me précipite de corps en corps, à la recherche de son visage. Je me surprends à espérer qu'elle a réussi à s'en sortir vivante. Qu'elle a trouvé un endroit où se cacher. Je pivote, et mon regard se pose sur un visage familier.

– Maman !

Un cri s'échappe de mes lèvres, je cours et tombe à genoux à côté d'elle. Le sang coule à flots de la profonde entaille en travers de sa gorge. Je n'arrive pas à regarder sa blessure, alors je prends son visage en coupe dans ma main, et je rapproche le mien, comme elle le fait toujours avec moi. Nos nez se touchent ; sa peau est fraîche contre la mienne. Mes larmes coulent et tombent sur ses joues. Ses cheveux brun foncé s'étalent autour de sa tête, sa peau est pâle, teintée de sang. Les gens disent toujours que je suis aussi belle qu'elle, avec des pommettes marquées, un petit nez parsemé de taches de rousseur, et un visage rond. Mais à cet instant, la seule ressemblance que je vois, ce sont ses yeux d'un bronze clair dans lesquels les miens sont plongés.

– Maman…

En moi, tout éclate comme du verre.

– Maman ! *S'il te plaît.* Réveille-toi. (Je tiens son visage, les bras tremblants.) S'il te plaît, ne me laisse pas.

Toute seule, je ne survivrai pas. Et je suis complètement seule.

Elle ne répond pas, alors je pleure à ses côtés. Maman est tout ce qui me reste dans ce monde. Je suffoque, et serre mes bras autour de mon corps. Un vent froid soulève mes cheveux. À présent la pluie tombe à grosses gouttes, je suis complètement trempée mais je ne bouge pas.

Plus jamais Maman ne me prendra dans ses bras ni ne couvrira mon visage de baisers. Plus jamais elle ne me réveillera avec des chatouilles. Et plus jamais elle ne me serrera contre elle pour me rassurer, la nuit, en pleine tempête. Je me sens tellement perdue. Tellement en colère. J'ai tellement peur. Ma respiration se fait saccadée alors que les sanglots de mon cœur brisé flottent dans l'air.

Maman a l'air si paisible, étendue là, les muscles complètement relâchés, alors qu'elle était toujours si tendue de son vivant. Un grognement rauque derrière moi fait bondir mon cœur.

Je relève la tête, et fais volte-face. La terreur cogne sous mon crâne.

Il y a un Monstre de l'Ombre au coin de la maison. Maigre, dégingandé, ses vêtements déchirés pendent sur sa carrure osseuse. Il n'a pas de lèvres ; elles ont été rongées. Il ne reste que des dents, tachées, cassées. Tout d'abord, je ne vois qu'elles. Et puis les yeux exorbités au milieu de ce visage décharné. Il est tellement émacié… affamé.

Je me relève à reculons, et la panique m'envahit, me tordant le ventre.

Il s'élance en avant, grognant.

Je recule, j'ai envie que la terre s'ouvre en deux et m'engloutisse.

Mais la créature ne s'approche pas de moi. Elle tombe à genoux devant une femme morte, et plonge la bouche dans son ventre déchiré pour la dévorer. Ce bruit de succion me donne des haut-le-cœur.

La bile me remonte dans la gorge. Je recule, quand quelqu'un frôle mon épaule.

Pivotant, je hurle en découvrant une autre créature morte-vivante à quelques centimètres de moi. Mon instinct prend le dessus, et je recule. Des cheveux semblables à de la paille pendent devant son visage sans vie. Mon talon heurte quelque chose, et je tombe. Je me traîne en arrière, remarquant au passage la jambe arrachée, charnue et sanglante, sur laquelle j'ai trébuché.

La peur m'assomme, mon cerveau s'embrume. Je ne peux pas faire ça. Je ne peux pas.

La créature bondit.

Je hurle et me dérobe à reculons.

Mais elle plonge sur l'enfant mort juste à côté de moi. Mon cœur palpite dans ma gorge.

Le Monstre de l'Ombre ne m'a pas vue. Comment est-ce possible ? Comme si j'étais invisible, ou quelque chose comme ça.

C'est ce que je suis. Invisible. J'ai besoin d'y croire, sinon je ne bougerai plus.

Je lutte pour me remettre sur pied. Un doigt est collé à mon pantalon de pyjama, couvert de substances sanguinolentes.

La nausée me submerge de nouveau.

La tête du mort-vivant pivote dans ma direction, et son regard tombe sur la tache. Je me débarrasse rapidement de mon pantalon, et le jette au loin. Je recule tandis que la créature repère le pyjama tombé au sol.

Une autre créature, vacillant sur ses pieds, me rentre dedans et poursuit son chemin. Un cri étranglé m'échappe, je me plaque une main sur la bouche pour étouffer mes sanglots. Je m'éloigne de la marée de morts-vivants qui viennent dans ma direction, à travers la clôture brisée.

Mon Dieu, il y en a tellement.

Les Monstres de l'Ombre étaient des métamorphes avant, tout comme moi. Ou peut-être de simples humains, ou encore ils appartenaient à l'une des nombreuses espèces de surnaturels peuplant ce monde. Maman disait que le virus qui avait détruit notre monde ne faisait pas de discrimination, qu'il s'attaquait à tous ceux qu'il pouvait atteindre, les transformant en morts-vivants.

Aucun Monstre de l'Ombre ne regarde dans ma direction, mais tous se précipitent vers les corps encore chauds pour se nourrir. C'est tout ce qu'ils sont capables de faire.

Mon cœur bat trop fort, trop vite.

Je ne sais pas ce qui se passe, mais il faut que je

m'en aille d'ici avant que cette chance inespérée ne tourne et qu'ils commencent à me remarquer. Alors je passe à travers la horde de créatures.

Une fois celle-ci franchie, je cours vers la rue principale, mes pieds nus, ensanglantés, et douloureux martelant le chemin érodé.

Jaine avait raison. *Vite et sans bruit.*

CHAPITRE 1

MEIRA

Cinq ans plus tard

Un malheur n'arrive jamais seul.

Bon sang, je détestais vraiment cette expression avant, je la haïssais cordialement. Principalement parce que je ne comprenais pas à quel point elle était vraie. Je ne savais pas que, quand la vie vous balançait un coup de poing, il était vite suivi de plusieurs autres, rien que pour être sûr que vous ne puissiez pas vous en relever.

Je ne suis pas optimiste. Je l'accepte. Vivre dans un monde dévasté par un virus m'a complètement brisée, surtout après avoir perdu tous ceux que j'ai connus… y compris Maman.

– Bouge, aboie un Alpha musclé aux cheveux blancs.

Il me saisit le bras, le serrant terriblement fort. Il me traîne au milieu d'un petit avion, qui me fait penser à un cercueil d'acier avec des ailes.

Les cordes qui lient mes poignets dans le dos sont trop serrées. Le frottement contre ma peau est cuisant. J'ai envie de dire quelque chose, mais j'ai encore le goût du sang dans ma bouche après qu'il m'a balancé un revers de la main la dernière fois que j'ai exigé qu'il me relâche. Alors je ne dis rien, et j'essaie de le suivre, trébuchant au passage.

Il n'y a pas de sièges dans cet avion, rien que de petits hublots ronds, et des femmes assises sur le sol de chaque côté de moi. Huit femmes, en plus de moi. Elles sont assises le dos à la paroi, les mains menottées à une chaîne qui les relie toutes entre elles, et les maintient en place.

Elles sont toutes en train de me fixer, et la peur se lit dans leurs regards. Leurs vêtements sont sales et déchirés. Leurs bras et leurs jambes sont constellés de bleus et de coupures… Bon sang, elles ont toutes à peu près mon âge, dans les dix-neuf, vingt ans. Certaines d'entre elles sont d'une beauté renversante, d'autres plus ordinaires, mais elles sont toutes terrifiées.

Tout comme moi, les Loups Cendrés les ont trouvées dans les bois, au mauvais endroit, au mauvais moment. C'est ma faute, je suis entrée dans le Territoire des Ombres... leur territoire. J'aurais dû me montrer plus prudente, mais la faim fait faire n'importe quoi. Je vis seule depuis cinq ans, je récupère ce que je peux, j'évite les monstres dans les bois, et les meutes de loups.

Apparemment, les femmes louves métamorphes sont des marchandises, et ne sont utiles qu'à deux choses.

S'accoupler, dans le but de se reproduire.

Ou être vendues, ce qui mène de toute façon au premier point.

Et, coup de chance pour moi, je vais être vendue à une autre meute de loups à l'extrême Ouest de l'Europe Orientale. Cela ne fait que repousser l'horrible et inévitable accouplement qui m'attend. Je me battrai jusqu'au bout pour ne pas céder à un quelconque Alpha.

Je serre les dents, je me fiche de savoir à qui ils vont me vendre. Je m'évaderai et m'enfuirai. C'est l'existence que je mène depuis que les monstres morts-vivants ont fait irruption dans ma maison, et massacré tous ceux que je connaissais. Le souvenir me tord le vendre, et ma louve gémit au fond de ma poitrine, mais je chasse cette pensée. Pas maintenant. Je refuse de me noyer dans ce chagrin dont je ne parviens pas à me défaire.

Le métamorphe aux cheveux blancs me fait pivoter, avant de me repousser jusqu'à ce que je heurte la carlingue de l'avion.

– Assise ! grogne-t-il.

Ses yeux bleu glacier sont emplis de ténèbres. C'est un loup Alpha ; je le sens sur lui, comme on sent l'électricité dans l'air après un orage. Une odeur de loup perdure aussi sur lui, et ma bête réagit en la reconnaissant. Le grondement qui jaillit de ma poitrine est un avertissement très clair à son attention : il doit se tenir éloigné de moi. Sa présence me laisse un goût amer dans la bouche.

Je m'agenouille et m'assieds sur mes talons.

– Caspian, on est prêts à partir ? Ils viennent d'amener la dernière de la livraison de Mihai, crie soudain l'homme qui m'a fait monter dans l'avion, reportant son attention sur la porte ouverte du cockpit.

– Mad, amène ton cul par ici.

Je garde bien précieusement en mémoire pour plus tard les noms de ces métamorphes, parce que la connaissance est tout ce qu'il nous reste quand le monde s'est effondré. On peut vendre n'importe quelle information au bon acheteur, ou pour se sortir d'une situation délicate.

Mad souffle et passe une main sur son visage buriné. Il n'est pas laid… bien au contraire. Il a l'air d'être au milieu, voire à la fin de la vingtaine, il a des traits anguleux, et une mâchoire carrée, des épaules larges, et un corps tout en muscles. Sauf qu'il me donne la chair de poule. Il y a une aura malsaine autour de lui. Mais d'un autre côté, la plupart des hommes que j'ai rencontrés me font le même effet ; ils ne veulent qu'une chose de moi. Alors que tout ce que j'ai envie de faire, c'est leur balancer mon genou dans l'aine.

— Merde, mec, grogne l'autre type dans le cockpit.

— Je te jure, Caspian. On est déjà en retard parce que Mihai prétend qu'il s'est perdu en route avec la marchandise. T'as plutôt intérêt à ne pas foirer toi aussi.

Retroussant sa lèvre supérieure dans un rictus, Mad s'engouffre dans le cockpit. De là où je suis, je le vois se pencher pour aider le pilote, mais je ne perds pas une seconde de plus.

Cet imbécile a oublié de m'attacher à la chaîne

avec les autres femmes. Un sourire satisfait, voire béat, s'épanouit sur mes lèvres. Lentement, je me redresse, jetant un œil à l'endroit par où nous sommes arrivées, la porte principale, toujours grande ouverte.

Je regarde les autres femmes, les mains liées à la même chaîne. Je ne pourrai jamais les libérer sans me faire prendre.

– Fonce ! murmure la rousse maigre à côté de moi, ses yeux oscillant de la porte à moi.

Une alarme résonne dans ma tête, quand je réalise que, plus j'attends, plus mes chances de m'échapper s'amenuisent.

J'ai le souffle coupé ; je murmure « Désolée ». Je pivote, les mains toujours attachées dans le dos, et je cours aussi silencieusement que possible vers la sortie. Des frissons parcourent mes bras à l'idée que je puisse me faire prendre.

Je regarde une dernière fois derrière moi, constate que Mad n'est toujours pas revenu. Dehors, le camion qui nous a amenées ici est parti. Je saute sur le sol graveleux, les genoux flageolants, mais je parviens à ne pas tomber malgré mes poignets entravés. Hourra pour moi. Puis je me précipite sur la piste d'atterrissage derrière l'avion. *Vite et sans bruit.* Je n'ose pas m'arrêter, j'espère que le pilote ne peut pas me voir.

Courir à pleine puissance avec les mains liées est plus dur que je ne le pensais, mes épaules oscillent frénétiquement, comme une balançoire.

Autour de moi les pins s'élèvent, immenses et silencieux, seuls témoins de la direction que je prends. Mon pouls cogne à mes tempes. Je jette un rapide coup d'œil en arrière, et je vois que je suis suffisamment loin de l'avion pour me glisser dans la forêt dense et disparaître hors de vue.

Je ne sais pas combien de temps j'ai couru, mais je ne m'arrête pas. Je grimpe une colline, ce qui me met les cuisses en feu. J'ignore la douleur, et je pousse plus avant.

Au départ, c'est moi qui ai commis l'erreur de m'approcher d'une meute de loups. Durant mes voyages, j'ai rencontré assez de femmes qui m'ont aidée, et appris de qui il fallait me tenir à l'écart.

En Roumanie, les Loups Cendrés sont tout en haut de la liste. Leur Alpha, Dušan, est un métamorphe dominateur, qui dirige la plus grosse meute de tous les pays avoisinants ; s'il est à ce poste, c'est pour une bonne raison. Ce qu'il veut, il le prend. Sans aucune pitié.

D'autres meutes plus petites existent ici et là en

Transylvanie, ainsi que des loups solitaires. La plupart des petites villes nichées avant dans les montagnes ont été envahies par les morts-vivants. Il existe moins de zones sûres pour les femmes maintenant.

J'ai grandi dans la terreur de ces bois, emplis de dents et de griffes. Sauf que maintenant, c'est chez moi. Les Monstres de l'Ombre me laissent tranquille pour une raison que je ne m'explique pas, et j'accepte le sort que me réserve l'univers. Pour l'instant, je dois juste éviter les loups qui peuplent aussi cette terre.

Au sommet de la colline, je m'arrête pour reprendre mon souffle, et contempler l'océan de pins qui s'étend aussi loin que porte mon regard. À l'horizon, un petit avion s'élève. Mad et Caspian, qui emmènent ces femmes vers leur nouvelle demeure, privées de liberté. Je culpabilise de n'avoir pas pu faire plus pour elles. Mais quand je les regarde s'envoler, je sais que j'ai pris la bonne décision. J'ai pris la seule décision possible.

Dušan

*E*h bien, seulement huit sont arrivées à bon port, constate Ander Cain dans l'intercom.

La colère étrécit ses yeux. Sur l'écran, ses iris dorés brillent de frustration.

Je bouillonne, mais je ne le montre pas à l'Alpha du X-Clan du Secteur Andorra. Nous sommes partenaires en affaires, et il m'a fallu un temps fou pour construire cette relation, gagner sa confiance. Jusqu'à ce que je résolve ce problème, je ne révèlerai pas mon jeu. Je suis l'Alpha du Territoire des Ombres, et je ne recule pas, mais je ne suis pas du genre à me jeter dans la bataille sans préparation.

– Ton Second est là pour le confirmer, poursuit Ander avant de tourner son écran pour le diriger sur Mad.

Mon Second me regarde d'un air stoïque, et me balance son explication :

– Meira n'était pas dans le lot.

La colère enfle dans ma poitrine, et je serre les poings. Il m'avait donné une liste de toutes les louves que nous avons capturées la semaine dernière, et les neuf devaient être livrées aux Loups du X-Clan.

– Comment est-ce possible ? grogné-je, avant de modérer ma réaction devant Ander.

– Il faudra vérifier avec Mihai. C'est le dernier à avoir été vu avec la marchandise avant le décollage, rétorque-t-il.

Il m'exaspère, à rejeter la faute sur quelqu'un d'autre. Je bous de rage, il faut que je le remette à sa place.

– Je croyais t'avoir chargé *toi* de cette tâche, Stefan ?

J'emploie rarement son prénom, mais il met ma patience à rude épreuve. En tant que mon Second, je dois pouvoir lui faire confiance, et il se doit d'assurer dans tout ce que nous faisons.

Mad explique qu'il était occupé avec Caspian dans le cockpit, ce qui me fait serrer les dents de plus belle. J'arrive presque à visualiser les rouages, je sais qu'il me cache quelque chose. Il parle avec assurance, tranquillement, il est crédible. Mais aujourd'hui, quelque chose ne va pas.

– Je comptais sur toi pour gérer l'expédition, sifflé-je. Ce que, visiblement, tu n'as pas fait. Repasse-moi Cain, lui balancé-je, écœuré de voir son visage.

Ander réapparaît à l'écran. Je me passe la main dans mes cheveux coupés court ; je n'ai pas le choix, il faut que je lui renvoie la marchandise qu'il m'a expédiée en paiement pour les filles. Si la meute des X-Clan a la puissance, la technologie, et des médicaments de pointe en monnaie d'échange, en revanche, elle manque d'Omégas. Leurs Alphas ne peuvent s'accoupler et imprégner que des Omégas. Et c'est quelque chose que j'ai sur mon territoire. Des louves dont un bon nombre sont des Omégas. Leur odeur les trahit. Ainsi nos échanges profitent à nos deux meutes.

Les X-Clan et les Loups Cendrés sont des métamorphes, mais nous différons au niveau génétique. Les X-Clan sont immunisés contre les morts-vivants. Les Loups Cendrés ne le sont pas, et nous devons trouver des partenaires prédestinées, afin que nos loups puissent se lier par le marquage et le sexe. Mais avec toute la merde qui se passe, et une meute grandissante de loups à protéger contre les zombies qui essaient de s'introduire chez nous, je n'ai pas le temps de m'occuper de ce genre de choses.

Pour faire perdurer notre relation avec Ander, à contrecœur, je lui propose :

— Vous pouvez conserver l'un de nos chargements le temps que je localise l'Oméga qui nous manque.

Ce n'est pas ce que je veux.

Anger m'étudie attentivement. Il a des cheveux noirs épais, coupés court aux oreilles, et pas une mèche n'en dépasse. J'ai visité ses installations lors de nos négociations. Ils vivent en appartements dans des bâtiments de haute sécurité, alors que nous habitons parmi de vieilles ruines au milieu de la nature sauvage.

Nous sommes des loups, nous ne faisons qu'un avec la nature, et nous lui appartenons. Je n'échangerais cela pour rien au monde.

Après d'autres échanges avec Ander sur la façon de procéder, étant donné qu'il a déjà expédié la cargaison (ce qui complique encore la situation), Mad nous interrompt, et apparaît dans l'écran de l'intercom.

– J'ai une suggestion.

– Et cette suggestion, c'est ?

– Caspian et moi resterons ici en garantie le temps que tu trouves la fille. Une fois fait, Cain pourra envoyer son propre pilote pour la récupérer, et après ça nous rentrerons.

Je remarque bien la tension autour des yeux d'Ander à l'écoute de la proposition de Mad. Une telle suggestion me mettrait aussi mal à l'aise, étant donné que Mad vient juste de s'inviter à rester dans le Secteur Andorra. Ce qui me hérisse, c'est que Mad ne m'a pas consulté avant. Je ne l'oublierai pas quand il rentrera à la maison, ni le chaos qu'il a provoqué avec cette fille disparue.

Ander porte un pouce à sa lèvre inférieure : le poids de la décision lui pèse lourdement.

N'ayant pas vraiment le choix, je relève le menton et réponds :

– J'accepte ces conditions, si elles te conviennent.

– Tu as une semaine, répond Ander. Si tu n'as pas récupéré la fille d'ici là, nous renégocierons les termes de notre accord.

Je redresse les épaules, et je souris, parce que je n'ai pas l'intention de laisse perdurer cette situation plus longtemps.

– Oh, d'ici là, je l'aurais attrapée. Je te rappelle bientôt.

Je mets fin à la communication en pressant le bouton du petit écran sur mon bureau.

– Merde. Je vais assassiner Stefan.

Mon Troisième, Lucien, un Alpha lui aussi, se tient dans l'embrasure de la porte comme une sentinelle, jambes écartées, bras croisés sur son large torse. Ses cheveux récemment coupés attirent l'attention sur la cicatrice qui barre sa clavicule, résultat d'une attaque de meute sur notre territoire il y a quelques années. Je lui ai confié la charge de mes combattants pour mener mes batailles. Il m'a juré loyauté après que je lui ai sauvé la vie face à une horde de morts-vivants, quand il avait dix ans ; depuis, il a toujours été à mes côtés. Je lui fais confiance.

– Tu penses que Mihai a perdu une fille ? demande Lucien.

– J'en doute. Il a déjà livré une douzaine de chargements. Alors il avait quoi de spécial, celui-là ? Je veux croire qu'il n'avait pas d'autres intentions.

– Et pour Mad ?

Je pousse un lourd soupir.

– Il y a quelque chose qui ne va pas avec cette livraison. Je le sens. Mad repousse sans cesse les limites… Étant donné qu'il est mon demi-frère, il croit qu'il le peut, sauf que le petit jeu auquel il joue prendra fin à la minute où il rentrera à la maison.

Je me lève, et me tiens devant la fenêtre, qui domine le terrain en contrebas.

Nous vivons dans une ancienne forteresse médiévale dont le domaine est barricadé de hauts murs de pierre, pour empêcher les zombies d'entrer, et protéger ma meute. Je jette un œil aux cabanes en bois qui parsèment les terres à l'intérieur des murs du château. J'accueille sous ma protection n'importe quel loup métamorphe en danger, à une condition : qu'il se soumette à moi en tant que son Alpha. En échange, je lui fournis le gîte et le couvert.

Ce qui crée un besoin de ressources. C'est pour cette raison que mon partenariat avec Ander est d'une importance cruciale. Il nous fournit la technologie, les véhicules, les armes, et les médicaments dont nous avons tant besoin, et que nous ne pourrions acquérir autrement. C'est cet accord qui me donne la possibilité de protéger ceux de ma meute, et d'avoir un avantage sur les meutes rivales qui voudraient revendiquer mon territoire.

Mon père était un Alpha qui régnait d'une poigne de fer. Il gagnait des adeptes par la peur. Mais à la fin, ces hommes l'avaient trahi.

Instinctivement, je porte ma main à mon cou, et mes doigts suivent la cicatrice qui commence sur ma clavicule et remonte derrière mon oreille. Un petit souvenir laissé par Père quand j'avais huit ans, pour avoir désobéi à un ordre. Il m'avait taillé avec une lame dentelée en guise de punition.

« *C'est pour ça que tu ne seras jamais un Alpha. Tu avais la possibilité de me tuer, et tu ne l'as pas fait.* »

Je serre les poings, et me tourne vers mon Troisième.

— Rassemble un groupe d'Alphas pour traquer cette Oméga, et réparer ce putain de bordel.

CHAPITRE 2

MEIRA

Trois jours plus tard

Mon pouls s'accélère. Quelque chose me suit.

Je tourne et vire au milieu de la forêt tandis qu'une silhouette fonce vers moi au milieu des bois denses. Deux jambes, donc ce n'est certainement pas un animal. Un Monstre de l'Ombre ? Mon Dieu, faites que ma chance ne m'abandonne pas aujourd'hui.

Je me retourne et commence à courir. Un ciel crépusculaire voile les bois d'une pénombre inquiétante. À l'heure qu'il est, j'aurais dû trouver un endroit où me cacher. Ne jamais rester dehors la nuit. Toutes sortes de créatures rôdent dans l'obscurité.

J'ai le souffle court, la respiration hachée.

Jetant un œil par-dessus mon épaule, je vois un homme foncer sur moi comme une bête. Narines frémissantes, bouche ouverte, ses yeux immenses fixés sur moi. L'étincelle du loup brille dans son regard.

Mon estomac se serre.

Merde, pas encore. S'il vous plaît, pas encore. Je me suis tenue à l'écart des meutes, et cela fait des jours que je n'ai pas vu de métamorphes, depuis mon évasion de l'avion. Putain, mais d'où vient celui-là ?

Il bondit, et s'abat sur moi. Je tombe à terre en grognant, et la terreur me fait convulser.

Des mains puissantes s'agrippent à l'une de mes chevilles pour me tirer en arrière. Je me débats, le frappe au visage. Je parviens à m'extirper de sous lui et je détale, mes pieds martelant le sol. La panique me prend aux tripes. Tout ce qu'il veut de moi, c'est du sexe, et cette idée me fait frissonner.

Il se jette sur moi, m'aplatit au sol. Il me fait rouler sur le dos en grognant. Ce salopard me prend à la gorge et serre fort. De sa bouche béante s'échappe un souffle chaud et rance.

Je le frappe à la tête, encore et encore.

Ses lèvres se retroussent, révélant des canines aiguisées comme des rasoirs, et il attaque. Les dents m'écorchent et s'enfoncent dans la courbe entre mon cou et mon épaule. Ma chair se déchire, la douleur est atroce.

Je hurle, et me débats contre lui. Il est trop lourd, je ne parviens pas à le faire bouger. Sous la panique, mon esprit part en vrille.

Soudain, quelque chose l'arrache à moi. Je m'empresse de me relever et je porte la main à la morsure. Ça lance horriblement. Je couvre la plaie de ma paume pour stopper le saignement qui coule entre mes doigts.

Une cacophonie de grondements et grognements explose devant moi. Je recule jusqu'à heurter un arbre. La peur me paralyse, tandis que je comprime ma blessure.

Un loup se déchaîne contre l'autre métamorphe, et tout ce que je vois de lui, c'est une fourrure sombre comme la nuit. Il est énorme, deux fois la taille d'un loup normal, et il domine complètement le combat. Il saute sur l'homme, s'écrase sur lui, et le mord au cou. Un craquement d'os retentit et je frémis.

Dégoûtée, je saute sur mes pieds, et m'enfuis de

cet endroit : l'homme qui subit l'attaque n'a que ce qu'il mérite.

J'entends un grondement bas derrière moi, et je pivote pour voir le loup noir qui trotte sur mes talons. Les arbres se pressent autour de moi, je n'arrive plus à respirer. Je suffoque de terreur.

Il me grogne dessus, museau plissé, babines retroussées. Sa fourrure se hérisse.

Je me recroqueville, j'ai l'impression de mourir à l'intérieur. Je tends les mains devant moi.

– Je vous en prie. Je quitte vos bois. Ne me faites pas de mal.

Mon talon trébuche sur une racine d'arbre, et je tombe. Je hurle tandis que mon cœur me remonte à la gorge.

Je heurte durement le sol, et par réflexe, ma main s'empare d'une branche épaisse à côté de moi. Ce n'est pas de cette façon que je veux mourir. Je jette le bâton sur le loup, qui semble scintiller. Son corps se convulse, la fourrure rétrécit, et son long nez semble rentrer dans son corps. Les os craquent, et on entend le déchire-ment de la peau qui se fend et se ressoude. J'ai déjà vu des gens se transformer, mais je n'en ai jamais fait l'expérience moi-même, pour savoir si c'est aussi douloureux que ça en a l'air.

L'énergie dégagée me picote les bras. Mes cheveux se hérissent.

Tout s'est passé en un battement de cils. Le loup est parti, et à sa place, un homme se tient devant moi, complètement nu. Ses yeux bleus glacier me brûlent avec l'intensité d'une furieuse tempête.

Mon esprit se fige. Ces derniers jours, j'ai évité de me faire capturer par des loups en retournant dans les bois dans lesquels j'ai vécu durant des années, alors c'est bien ma chance de tomber sur deux spécimens aujourd'hui. La peur me tord les entrailles, parce que j'ai échappé de justesse aux autres.

Des cheveux sombres et hirsutes encadrent son visage finement ciselé, et retombent en cascade sur ses épaules. Il est massif, grand et large. Non pas que je m'attendais à autre chose de la part d'un Alpha. Son odeur suffoque mes sens, et ma louve me pousse, me harcèle de l'intérieur pour que je le sente de plus près.

Il m'étudie ; son attention se porte sur ma bouche, puis plus bas. Un frisson hérisse ma peau, mes tétons durcissent en réponse.

Les muscles ondulent sur son torse. Un léger duvet de poils recouvre ses pectoraux, et descend le long de son ventre en un V serré, jusqu'en bas. Il est là, droit et fier. Une touffe de poils noirs, un sexe flasque. Même au repos, il est *énorme*. Des vagues de chaleur me traversent, et mes tripes se nouent.

Je me relève, je ne veux pas avoir le nez sur l'entrejambe de ce loup. Peu importe si mon corps s'enflamme à sa vue. Peu importe la puissance de l'excitation qui palpite entre mes cuisses. Tout ce que je veux, c'est partir d'ici, car la façon dont il me fixe me dit qu'il veut me toucher, m'imprégner.

– Regarde-moi, exige-t-il d'une voix grave et douce.

Il tend la main vers moi, ses doigts frôlent doucement mon épaule près de la blessure.

Je sursaute et pousse un cri de douleur, tandis que la chair de poule envahit mon bras à l'endroit où il vient de me toucher. J'ai fui toute ma vie pour survivre. Je ne veux pas de l'attention d'un Alpha. Le pouvoir émane de lui par vagues. J'ai des picotements sur la peau, et mes genoux flanchent comme si ma louve sentait son autorité. Elle gémit en moi, au désespoir de lui obéir.

Quelle traîtresse ! Ma propre louve… Elle vit en moi, répondant à cet Alpha, mais elle n'a toujours pas montré ses crocs ni sa fourrure quand je l'appelle.

Il renifle l'air, sourcils froncés, avant de jeter un œil au loup qu'il a attaqué pour me sauver. Sauf que les loups n'aident jamais personne sans vouloir quelque chose en échange.

– Il t'a mordue pour te marquer pour un accouplement forcé, constate-t-il, comme si ce n'était pas évident.

– Sans blague ? À l'évidence, ça n'a pas marché, réponds-je, comprimant toujours ma blessure sanglante. Je n'ai pas besoin de ton aide.

– Comment tu t'appelles, ma belle ?

Il s'approche, et je ne sais pas où poser le regard. Mes yeux parcourent son corps de haut en bas, de leur propre chef.

Mon esprit en ébullition essaie de trouver une excuse. N'importe quoi pour me sortir de ce chaos. Mais mon cœur bat trop fort, et je vais chercher chaque souffle au plus profond de mes poumons.

– C'est Meira, n'est-ce pas ?

Il sourit, remarquant mon inaptitude à contrôler mon propre corps.

– Je n'ai pas de nom, réponds-je, me recroquevillant à l'intérieur.

Oh, merde, merde, merde. Il connaît Mad et Mihai. Les loups qui m'ont kidnappée et jetée dans l'avion.

Son rire m'irrite… et ce qui m'agace encore plus, c'est que j'aime sa façon de parler, sa façon de lever la tête pour se moquer de moi. Et ce besoin désespéré que j'ai qu'il s'habille, pour que je puisse de nouveau contrôler mon regard.

– Eh bien, tu m'as sauvée, et je te remercie. Bonne journée.

Je fais demi-tour et me mets subitement à courir. Tous les loups mâles aspirent à la même chose : une femelle pour s'accoupler, la garder prisonnière, et l'imprégner. Rien que cette idée me rend furieuse, et je pousse plus vite sur mes jambes.

Sa main agrippe la mienne, et il me fait pivoter dans l'autre sens. Mes pieds trébuchent, et je tombe sur lui, m'écrase contre son torse nu. Il y a tellement de chair partout. Il est flamboyant, et si chaud au toucher.

Je le repousse de mes mains, me recule, et lui balance un coup de poing.

À une vitesse incroyable, il attrape mon poing dans sa main, l'empêchant de peu de l'atteindre au visage.

Il m'empoigne la nuque, et me rapproche de lui.

– Tu n'as pas affaire à un Beta. Souviens-t 'en,

parce que, la prochaine fois, je ne prendrai pas aussi bien que tu tentes de me frapper.

Seul un Alpha pourrait se montrer aussi arrogant.

– Laisse-moi partir ! lui hurlé-je.

J'ai l'impression qu'il pourrait facilement me soulever, et me balancer par-dessus son épaule. Je vois bien la façon dont il m'étudie, son regard parcourant mon corps de haut en bas.

Je serre les poings, et lui crache dessus, l'atteignant en pleine poitrine. Il me regarde, me saisit le bras, et me traîne avec lui en se mettant en route.

– Tu vas t'attirer un paquet d'ennuis.

Je lutte, et je trébuche derrière lui.

– Je ne t'appartiens pas, tu ne peux pas m'enlever et me séquestrer.

– Qui a dit que j'allais te garder ? J'ai un Alpha que tu risques de beaucoup intéresser.

La colère monte en moi. Il va me renvoyer vers Dieu sait quel monstre, dans un autre pays. Je me débats contre sa poigne de fer, et même si je sais que c'est peine perdue, je n'arrête pas de lutter.

– Ce serait beaucoup plus facile si tu apprenais l'obéissance. Ça peut être très gratifiant.

Il arque un sourcil épais, amusé. Cette fois, c'est moi qui éclate de rire, un rire faux, pour la galerie.

– Est-ce que ça marche vraiment sur qui que ce soit ?

Il s'arrête pour prendre mon visage dans ses mains en coupe, sans délicatesse, m'immobilisant.

Il me renifle, respire mon parfum. Tous les loups ont une odeur distinctive qui les différencie, mais révèle aussi leur statut.

– Tu sens l'Oméga, déclare-t-il d'un ton accusateur, le nez retroussé, comme si je ne valais pas la peine qu'il perde son temps pour moi.

Je grimace, et me mords la joue pour m'empêcher de lui balancer que je n'appartiens pas à sa hiérarchie. Que je ne suis pas en bas de l'échelle, là où les gens pensent qu'ils peuvent abuser de moi.

Les Alphas dirigent, l'un prend la tête et contrôle une meute qui comprend d'autres Alphas, des Betas, et des Omégas. La poignée d'Alphas d'une meute s'éloigne rarement du haut de la pyramide, et ils sont classés en Second, Troisième, et ainsi de suite. Les Betas sont les combattants, hommes ou femmes, les chiens d'attaque de la meute. Les Omégas, d'un autre côté, sont ceux qui n'ont aucun pouvoir, et qui se font dicter leur conduite toute leur vie. La plupart des femmes sont des Omégas ou des Betas. C'est pour cette raison que Maman et moi trouvions toujours des colonies sans hommes. Elle m'a appris à rester indépendante, et à garder le contrôle de ma vie.

– Tu apprendras à rester à ta place. Ou alors je me chargerai de te l'apprendre.

– Tu es un Loup Cendré, n'est-ce pas ? Bien sûr que tu en es un !

Ma voix tremble, et je déteste que ma réaction soit si visible.

Il me lance un regard dangereux, et tout ce que je peux faire, c'est fixer ces yeux bleu pâle et ses longs cils sombres, et constater que cet homme est juste parfaitement beau. Il a une mâchoire solide, un nez parfait, et des lèvres pleines qui me font ressentir des choses qui m'effraient. Je déteste penser qu'il est autre chose qu'un barbare brutal.

– Et si c'est le cas ? demande-t-il d'un ton désinvolte.

– J'ai entendu parler de ton Alpha, et je ne veux pas me retrouver en présence de ce connard.

Ma colère monte à l'idée qu'un Alpha tel que Dušan pense qu'il a le droit de contrôler la vie de tout le monde.

Le regard de cet homme me transperce, et je me sens totalement vulnérable sous son examen.

– Vraiment ? Qu'as-tu entendu ? interroge-t-il, comme s'il ne savait pas de quoi je parle.

Mais je vais l'amuser.

– Qu'il est pire que les Monstres de l'Ombre. Qu'il tue toutes les femmes après s'être accouplé avec elles, terrifié à l'idée que son enfant finisse par le tuer pour revendiquer la position d'Alpha. Qu'il est sans pitié.

– Voilà de terribles rumeurs, murmure-t-il.

– Qui a dit que c'étaient des rumeurs ? lui balancé-je.

Sa main se resserre autour de mon poignet, et je sursaute.

– Alors tu as rencontré l'Alpha des Loups Cendrés en personne ? demande-t-il.

– Eh bien non. Sinon, je serais morte. Mais j'ai parlé avec pas mal de personnes qui racontent la même histoire. Tu n'as jamais entendu ce dicton, « Il n'y a pas de fumée sans feu » ?

Et il recommence à rire ; je le regarde, fronçant les sourcils.

Je redresse les épaules, j'essaie une nouvelle tactique, puisque ni les poings ni les cris ne sont efficaces.

– *Je t'en prie.* Est-ce que tu peux trouver au fond de ton cœur le moyen de me libérer ?

– Je te suggère de venir, et de découvrir la vérité par toi-même.

Mon estomac se contracte, et la réalité me fige les entrailles : il m'amène à Dušan, l'Alpha des Loups Cendrés. Le danger est réel, mon destin… scellé.

Il m'entraîne plus profondément dans la forêt, à longues enjambées. J'ai les genoux qui tremblent tandis que je me creuse l'esprit pour trouver un moyen de m'échapper.

– Tu es un monstre, grogné-je, plantant mes talons dans le sol pendant qu'il me tire derrière lui. Et quand ton Alpha m'aura tuée, et que je serai six pieds sous terre, j'espère que tu seras rongé par la culpabilité pour l'éternité.

– C'est plutôt long, pour avoir du remords. Je suis sûr que je vais vite m'en remettre.

Il m'adresse un sourire, comme si ma survie n'était qu'une plaisanterie.

Je l'observe avec une fureur douloureuse, qu'il ne semble même pas remarquer. Il se contente de m'entraîner à toute vitesse à travers bois. Moi, la victime. Et lui, le guerrier qui me traîne vers ma mort.

CHAPITRE 3

ALPHA

erde!

Je ne m'attendais pas à elle. Magnifique. Fougueuse. Tentante.

Elle sent l'ambroisie, et ça me fait quelque chose. Tout en elle appelle mon loup, comme personne ne l'a jamais fait. Mon cœur bat la chamade.

C'est une louve, mais l'odeur de l'humanité persiste sur elle, avec quelque chose d'autre. J'ai le nez qui picote à cause du courant électrique sous l'odeur, quelque chose de presque douceâtre. Chaque loup possède une odeur différente, qui permet d'identifier son pouvoir, et son statut. Nous sommes nés comme ça, la nature nous impose notre avenir avant même notre premier souffle sur cette terre. Mais cette fille… Elle n'a pas la puissance frémissante d'une Alpha ou d'une Beta. Oméga ? Oui, mais elle a une odeur différente.

Elle ne sait pas non plus qui elle est. Je le vois à son regard perdu et sauvage. Je le sens dans sa présence. Elle vit au jour le jour dans les bois. Comme la plupart des louves que nous attrapons, elle essaie seulement de survivre. Toute seule, elle ne fera pas long feu dehors. Si les morts-vivants ne l'attaquent pas, les loups sauvages, en quête de femelles avec qui s'accoupler, vont flairer sa piste.

En la prenant, je lui fais une faveur. Même si elle n'en a pas l'air convaincue, vu sa façon de lutter contre moi, et de planter ses talons dans le sol pour nous ralentir. Je suis à deux doigts de la balancer par-dessus mon épaule, et de fesser son petit cul rond jusqu'à ce qu'elle cède.

Les Oméga que nous attrapons se soumettent presque immédiatement en présence d'un Alpha, parce que leurs louves prennent le contrôle sur elles.

Mais pas cette furie. Un grognement roule dans ma poitrine, et je serre les poings.

Cette fille a quelque chose de vraiment différent, et j'ai bien l'intention de découvrir ce que c'est.

Son comportement obstiné confirme qu'elle a grandi comme une sauvage dans les bois, et qu'elle n'a sûrement pas côtoyé beaucoup de mâles. J'ai fouillé les bois environnants ces derniers jours, et n'ai repéré aucune femelle. Je n'ai trouvé qu'elle, après avoir étendu le champ de mes recherches. Elle doit être Meira. Elle correspond parfaitement à la description, jusqu'au grain de beauté au coin de son œil gauche.

– Il est encore loin ton repaire ? demande-t-elle sèchement, en regardant la forêt se balancer dans la brise, et les ombres danser au milieu des troncs.

Qu'est-ce qu'elle cherche ? Les morts-vivants ? Ces bâtards débarquent de n'importe où. Quand il y en a un, il y en a toute une armée. Ils se déplacent en essaim. Le bon côté de la chose, c'est que le bruit de tous ces pieds qui piétinent le sol permet de repérer leur approche. Je garde les oreilles à l'affût du moindre bruit au loin… Rien pour l'instant. Ceux qui survivent à ce fléau apprennent à assimiler et à être rapides.

S'ils vous mordent, l'infection vous gagne en quelques heures. C'est pourquoi nous devons nous dépêcher. Nous devons rejoindre ma voiture en bas de la colline avant le coucher du soleil. Sinon, les autres créatures qui se cachent dans l'ombre vont sortir. Elles ne font pas de bruit ; elles attaquent sans prévenir. Des bêtes qui ne chassent que la nuit, en quête de viande fraîche.

– Si tu arrêtais de te débattre, on arriverait plus tôt, fais-je remarquer.

Elle observe ma bouche quand je parle, puis détourne les yeux avec colère. Elle se tient le cou, et du sang coule entre ses doigts, mais ça ne l'empêche pas de me jeter des regards pleins de fureur.

– Je n'ai pas peur de rester dans les bois, dit-elle, du venin dans la voix. Nous devrions peut-être passer la nuit dans la forêt.

Je secoue la tête.

– Personne n'a envie de rester dans la forêt la nuit. Je ne rentre pas dans ton jeu, quel qu'il soit.

Je viens juste de la rencontrer, et elle m'exaspère déjà. Ce n'est qu'une petite chose, elle doit mesurer moins d'un mètre soixante, alors que je mesure un mètre quatre-vingt-sept. Un corps galbé, des seins hauts et ronds. Ses cheveux, de la couleur de l'écorce des arbres qui nous entourent, lui retombent à mi-dos. Quelques mèches plus courtes pendent autour de son beau visage. J'ai les doigts qui me démangent en m'imaginant enrouler ses boucles autour de ma main, et les agripper pendant que je la prends par-derrière.

Merde ! Je n'ai vraiment pas besoin de penser à ce genre de choses, surtout que je suis nu. Et se balader avec une féroce érection n'a foutrement rien de confortable.

– J'aurais pensé que tu aimais les jeux, se moque-t-elle pour me contrarier. C'est bien ce que vous faites, vous les Alphas, non ? Pourchasser les femmes pour les posséder ?

Ses yeux bronze pâle, les plus beaux que j'aie jamais vus, me transpercent. Je n'ai jamais vu cette couleur d'yeux auparavant, mais c'est bien plus qu'une simple nuance. Leur forme leur donne l'air perpétuellement triste, comme si elle avait connu trop de chagrin dans sa vie. Quand elle ne me grogne pas dessus, elle a presque l'air sur le point de pleurer. Elle a une peau impeccable, et son nez est parsemé de taches de rousseur ; mon regard tombe sur ses lèvres roses et pleines. Qui est cette fille ?

Le sang qui s'écoule de son cou attire mon attention, de petites rigoles qui dévalent son épaule pour échouer dans le tissu de son t-shirt.

Combien de temps faudra-t-il avant que les morts-vivants ne nous repèrent à l'odeur ?

Je m'arrête, et me retourne vers elle. Elle recule, visiblement je l'effraie. Je dois admettre que sa réaction m'excite et me contrarie à la fois. Je suis un vrai tordu en ce cas.

– Qu'est-ce que tu fais ?

Elle me regarde, les yeux plissés, comme si elle n'était pas sûre de pouvoir me faire confiance.

Elle porte une jupe bleue qui lui arrive aux genoux, qui s'est déchirée dans la bagarre, et un t-shirt noir deux tailles en dessous de la sienne, qui révèle un peu de son ventre pâle et soyeux.

Comme ses vêtements, ses tennis sont tachées de boue, et auraient mérité un lavage depuis longtemps. J'attrape l'ourlet de sa jupe, là où j'ai repéré la déchirure.

– Hé !

Elle tente de repousser ma main, mais je déchire un long morceau de tissu au bas de sa jupe, d'un geste si rapide qu'elle n'a pas le temps de voir venir. Je la retourne d'une poussée à l'épaule et je continue à déchirer le tissu. D'une secousse, je dégage la bande du vêtement.

Elle titube, les yeux exorbités. Sa nouvelle jupe

lui arrive maintenant à mi-cuisses, révélant de magnifiques jambes musclées.

Elle grogne.

– Mais bon sang, pourquoi t'as fait ça ?

Je la saisis par le bras, et l'attire près de moi.

– Reste tranquille.

Rapidement, je panse la morsure à l'aide du tissu déchiré, le faisant passer sous l'autre bras, et je fais deux tours. Elle se débat, mais je la maintiens fermement. Ce n'est pas un jeu.

Je dois faire ça vite, mais j'ai conscience de notre proximité, et j'en ai des frissons. Son odeur m'imprègne, il m'est presque impossible de me concentrer. Un mélange capiteux de phéromones monte en moi, en réponse à son parfum. Mon sexe palpite. Une faim primaire résonne en moi de protéger cette femme de tous les autres hommes, de la revendiquer. De la prendre.

Jamais aucune femme ne m'a affecté aussi puissamment jusqu'à présent. Je serre les dents, et je la repousse, un peu plus fort que voulu.

– Tu n'as pas le droit de…

– J'ai tous les droits, grondé-je. (Je recule, l'attirant à moi par le bras.) Si ça signifie nous sauver la vie, et t'empêcher de t'évanouir à cause de l'hémorragie, je ferai ce qu'il faut.

Mon pouls est incontrôlable, et je suis envahi par un sentiment de possessivité à son égard. Mais qu'est-ce qui m'arrive ?

Son rythme cardiaque s'accélère. Je le sens sous mes doigts qui agrippent son poignet alors qu'elle me grogne dessus, découvrant de parfaites dents blanches. Aucune dent ébréchée ni cassée. Elle fera une bonne monnaie d'échange pour l'autre meute.

Sauf que l'adrénaline envahit mes veines, et que mon loup sort les griffes à cette idée, exigeant que nous la revendiquions.

Quand nos regards s'entrechoquent, j'ai un aperçu de sa vulnérabilité. Et bon sang, je plonge encore plus.

Mon loup m'envahit, il insiste, elle nous appartient, et nous voulons la marquer maintenant. Sauf que… quelque chose ne va pas. Elle a l'air différente. Et je refuse de conclure trop vite que j'ai trouvé mon âme sœur.

J'ai toujours pensé que je saurais quand je sentirais ma partenaire… mais cette fille n'est pas ce qu'elle paraît, alors comment pourrais-je faire confiance à mes sentiments ? On dirait presque qu'elle se cache derrière un voile invisible.

De retour à la maison, j'essaierai de savoir ce qu'il en est.

À chaque fois qu'elle jette un œil dans ma direction, le rouge lui monte aux joues, et ses yeux plongent sur mon corps. Elle est toujours aussi embarrassée par ma nudité, et elle détourne sans cesse le regard. Je ne comprends pas sa réaction. C'est une louve… après la transformation, nous sommes nus. C'est aussi naturel que de respirer, et pourtant, elle rougit. Elle ne contrôle pas ses yeux baladeurs.

Une fois parvenus dans une vallée où coule une petite rivière, je m'arrête, la tenant contre moi, un bras passé autour de sa taille fine, malgré ses protestations. Aucune trace de loup sauvage ni de mort-vivant dans les environs. Les bois qui nous entourent sont silencieux. Je renifle l'air pour confirmer que nous sommes seuls. Je n'avais pas réalisé la distance que j'avais parcourue pour trouver cette diablesse. Nous étions un groupe de cinq, et nous sommes partis dans des directions opposées dans la forêt pour la traquer.

– Bois, et nettoyons ta blessure. Nous avons un long trajet à faire.

Je m'attends à ce qu'elle proteste, mais au lieu de cela, elle s'accroupit et mets ses mains en coupe sous l'eau claire, pour en ramener à sa bouche et boire. L'eau fraîche s'écoule de ses mains mouillées et retombe en grosses gouttes dans la rivière.

Je fais de même, et me remplis l'estomac.

Elle défait la bande de tissu déchiré que j'ai nouée autour de sa blessure, et repousse ses longs cheveux bruns ambrés par-dessus son épaule. Puis elle prend un peu plus d'eau, et la jette sur la morsure. L'eau coule sur son épaule nue, et trempe son haut. Le tissu colle aux courbes parfaites de ses seins.

Ma gorge se dessèche alors que je contemple les perles d'eau qui ondulent sur sa clavicule, puis glissent sous son haut. Un désir intense, aussi lourd qu'une montagne, s'abat sur moi.

Les derniers rayons du soleil luisent sur son visage qu'elle a relevé, et ses yeux couleur bronze brillent d'une flamme intense. Sa bouche magnifique s'entrouvre quand elle expire.

Mon aine se tend.

C'est une si belle créature. Qui qu'elle soit, je dois la revendiquer.

Je brûle de m'avancer et de la goûter, de la marquer à mon tour. Du sang frais goutte de la morsure qui a transpercé sa peau. Un instinct sauvage m'envahit à la vue de cette souillure laissée sur sa peau par les dents du métamorphe. Je meurs d'envie de la prendre, d'enfouir mon visage dans son cou, et de la goûter. De la faire mienne.

Elle passe ses doigts sur la blessure, et grimace.

– Depuis combien de temps tu vis dans les bois toute seule ? demandé-je, afin d'en savoir plus sur elle et aussi pour me distraire de l'effet qu'elle produit sur moi.

Elle se raidit, et ne me regarde pas.

– Ça fait quelques années.

– Toute seule ? Pour survivre aussi longtemps, tu t'es très bien débrouillée.

Quelques années ? Putain, ça rendrait dingue n'importe qui.

Elle hoche la tête, et recouvre de nouveau la morsure avec le tissu. Je l'aide à faire un nœud pour maintenir le pansement en place. En tant que louve, elle devrait guérir vite.

– J'ai mes méthodes, dit-elle.

Je vois la faim dans ses yeux, la louve en elle qui veut établir un lien. Mais quelque chose ne va pas.

J'entends craquer des brindilles.

Je me fige, mon regard se porte de l'autre côté de l'étroite rivière, là d'où vient le bruit. Une ombre vacille au milieu des arbres. Mes poumons se bloquent.

Une silhouette bondit vers l'avant : un mort-vivant… Un homme efflanqué, dont le torse nu, en décomposition, est sillonné de griffures béantes. Il gémit suffisamment fort pour alerter les autres alentour afin qu'ils le rejoignent.

– Putain, c'est génial.

D'ici peu, nous serons cernés.

Meira se dégage de ma prise, et détale par où nous sommes arrivés.

Le pouls en feu, je m'élance derrière elle. Saisissant son bras, je l'entraîne à toute vitesse dans les bois. Elle lutte contre moi, comme si se retrouver face à un mort-vivant était préférable à ses yeux. Je prie pour que le sang dans l'eau, et sur la rive les distraie assez pour qu'ils ne nous suivent pas.

La fureur me ronge les tripes.

– Laisse-moi partir ! C'est *toi* qu'ils cherchent.

Je suppose que c'est sa manière habituelle de faire des compliments.

– Où est-ce que tu te caches ?

Elle ne répond pas, comme si, subitement, le danger de l'autre côté de la rivière ne la concernait pas.

– Si je crie maintenant, ils seront sur nous en un rien de temps. (Elle me regarde d'un air de défi, de menace.) Relâche-moi, et je te dirai où tu peux aller te cacher. Sinon, tu mourras ce soir.

Un sourire sinistre lui fend la bouche, nul doute qu'elle a pesé chaque mot.

Mon loup pousse un gémissement sourd qui me déchire la gorge.

J'entends les éclaboussures d'eau, et mon cœur se déchaîne dans ma cage thoracique. Un frisson me parcourt la colonne.

Je presse son bras plus fort, l'attire à moi ; nous nous faisons face.

– Écoute. Si je meurs ici, toute ma meute ratissera ces bois pour te retrouver. Tu sais ce qu'ils font aux tueurs d'Alpha ? grogné-je.

Elle hausse les épaules d'un geste nonchalant, et merde, elle met ma patience à rude épreuve.

– Ils te feront passer de mâle en mâle afin que chacun te prenne. (Bien entendu, je mens, mais elle l'ignore.) Aide-moi, et je ferai en sorte qu'on prenne soin de toi.

Elle déglutit bruyamment, et la rougeur s'estompe sur ses joues. Elle prend un moment pour y réfléchir.

– Si les morts-vivants te tuent, personne ne pensera que j'en suis responsable, en aucune façon.

Je déplace ma main sur son poignet. Elle a les pieds sur terre, c'est quelque chose que j'apprécie chez elle.

La haine qu'elle me balance au visage me fait sourire. Nous nous élançons à la hâte à travers bois.

Elle se dirige en experte dans la forêt, même avec la nuit qui tombe. Elle connaît très bien les lieux. Nous prenons à gauche entre deux grands pins, vers une partie plus dense du sous-bois. Des aiguilles de pin jonchent le sol, et je distingue un petit sentier. Cela fait un moment qu'elle vit dans cet endroit.

Nous nous arrêtons devant une échelle de corde suspendue à un arbre énorme, à laquelle elle grimpe. Je lève les yeux, et découvre une plate-forme au-dessus de moi.

Ça, je ne l'avais pas vu venir. Elle s'est construit une cabane dans les arbres pour échapper aux dangers. Secrètement, je suis en admiration devant ses talents pour la survie. Comment a-t-elle pu survivre aussi longtemps sans une attaque de morts-vivants ? Elle devait quand même chasser sa nourriture…

Quand les crissements dans les feuillages se rapprochent, j'attrape l'échelle de corde, et commence à grimper. Je lève les yeux, et j'ai une vue parfaite de ses fesses en culotte noire sous sa jupe. Je ne devrais rien ressentir, mais la chaleur envahit mes veines, me donnant l'impression d'être en feu.

Elle atteint la plateforme, et je me dépêche. Je ne serais pas surpris si elle coupait la corde et me jetait en pâture aux monstres.

CHAPITRE 4

MEIRA

La nuit s'étend sur la forêt.

D'habitude, je m'assieds ici, en haut, à l'abri dans ma cabane en bois, une simple boîte que j'ai fabriquée à l'aide de branches épaisses attachées avec de la corde, pour monter des murs et un toit. Les branches ne sont pas égales, et il reste des trous dans les murs, qui me font de l'œil dans l'obscurité. Elle est comme moi, elle a des défauts. Mais j'aime cet endroit.

Je fusille du regard le loup métamorphe à côté de moi, qui va m'arracher à tout ça.

Il est assis, genoux relevés et entourés de ses bras, le regard dans le vague. Ça doit le tuer de devoir se cacher ici avec moi au lieu de me traîner de force jusqu'à sa meute, pour paraître un héros aux yeux de son Alpha.

– Comment as-tu survécu aussi longtemps toute seule ? demande-t-il.

Des ombres dansent sur son magnifique visage, et il ne me regarde même pas ; il a les yeux baissés vers le plancher de bois, entre ses jambes repliées. Je ne réponds pas, car je me souviens de ce que Maman disait toujours : *Savoir, c'est pouvoir.* Et ce métamorphe a des informations qui pourraient m'aider à comprendre les meutes de loups afin de mieux les éviter.

– La vie peut être sauvage, continue-t-il.

Ma réponse fuse :

– Tu es un Alpha, tu travailles en étroite collaboration avec le grand loup en personne, alors je doute que ta vie soit si compliquée.

Je regrette aussitôt mon ton sarcastique. Je me souviens que tous ceux d'entre nous qui sont restés en arrière sont encore en vie parce que nous avons affronté l'enfer pour ne pas périr.

Il ne répond pas, et la culpabilité me ronge, alors je reprends :

– Désolée, je n'aurais pas dû dire ça.

Nous sommes peut-être ennemis, mais en

vérité, sommes-nous si différents ? Nous bâtissons chacun notre existence au milieu d'un horrible virus qui a décimé une grande partie de la population. Nous sommes des survivants, et peu importe qui nous sommes à l'intérieur.

– Ce n'est pas là que j'espérais finir, admets-je. Mais la pression incessante de la survie nous oblige à faire avec.

– Je n'ai pas rencontré beaucoup de gens heureux de leur situation. Mais les trucs merdiques, ça arrive.

– Des trucs merdiques comme kidnapper des femmes et les vendre à d'autres meutes comme du bétail ?

Il se tourne vers moi, le regard enflammé. J'ai touché un point sensible.

– On ne fait jamais de mal aux femmes. Elles sont en sécurité, et on veille sur elles. Cela fait partie de notre accord.

– Mais on nous enlève quand même contre notre gré, non ?

– Est-ce qu'on n'est pas tous piégés par les morts-vivants ? Forcés de vivre dans de petits campements, et de faire au mieux avec ce qu'on a ? Alors quelle est la différence ?

Son ton est sombre, ses mots hachés.

— La différence, c'est qu'on devrait avoir le choix de rejoindre une autre meute, ou non. Comment tu arrives à dormir la nuit ?

Il éclate d'un rire sonore.

— Considère-toi chanceuse que les Loups Cendrés règnent sur la Roumanie, parce que tout le monde serait bien dans la merde si ce n'était pas le cas. Après le virus, il reste à peine quelques humains sur le territoire, et les loups prennent le dessus. Mais ce métamorphe qui t'a attaqué tout à l'heure, il se fichait que tu aies à manger, ou un toit. Il t'aurait attachée à un arbre, et baisée jusqu'à ce que mort s'ensuive. Voilà le genre de monstres qu'il y a au-dehors. Alors, oui, je dors sans problème, en sachant que j'ai de l'importance.

La profondeur et la sincérité de sa voix me touchent plus que je ne l'aurais pensé. Ça n'apaise pas le feu qui brûle en moi, cette rage au sujet des enlèvements, et des convois, mais il y a quelque chose de presque beau dans sa façon d'évoquer son envie d'avoir de l'importance. La haine que je ressens pour lui s'estompe un peu.

Soudain, une douleur fulgurante me cisaille l'estomac. C'est une souffrance aigüe qui se propage dans mes membres. Après tant d'années, la maladie ne m'a jamais quittée. Cette sensation me submerge, je resserre les bras autour de moi et me penche en avant tandis que la vague me frappe. Ça va et ça vient, mais ces derniers temps, j'ai remarqué que les attaques sont plus fréquentes, comme si elle grandissait en moi. J'ai peur que ce soit ma louve qui veuille sortir, cette maudite bête qui m'a torturée toute ma vie.

– Tu as mal ? s'enquiert-il.

Je secoue la tête.

– C'est juste à cause de la faim.

Il attrape une pomme verte dans un bol que je garde dans un coin.

– Mange ça.

J'accepte l'offre, et lève les yeux sur lui. Sous ses airs de dur, il s'intéresse aux autres, vraiment. Je mords dans ma pomme, et sa douceur recouvre ma langue, alors que le jus coule au coin de ma bouche.

Il fixe mes lèvres, et ma façon de m'essuyer la bouche. Ses propres lèvres s'entrouvrent. Est-ce qu'il va se pencher et m'embrasser ?

J'ai le souffle coupé à cette pensée et des perles de sueur s'accumulent entre mes seins. Jamais mon corps n'a réagi de cette manière, une telle excitation et un tel désir, enveloppés dans une bulle prête à éclater en moi. Rien qu'avec une simple pensée.

Mais il ne se penche pas, ne m'embrasse pas. Il reste assis là, à regarder dehors, et attendre son heure.

Le temps que je finisse de manger, la douleur s'apaise, et je jette le trognon de pomme dehors par la porte étroite. Une brise fraîche s'engouffre dans la cabane, diffusant le parfum boisé du loup métamorphe. Mon cœur manque un battement, et le sang bouillonne dans mes veines. Qu'est-ce qui ne va pas chez moi ?

Je me frotte les bras, et je remarque qu'il a la chair de poule.

Je me retourne vers le petit tas de vêtements volés dans les fermes que j'ai fouillées, lors de mes recherches. Je sors un manteau noir surdimensionné. Il était fait pour un homme costaud, et je l'utilise comme couverture.

– Prends ça. Ça te réchauffera.

– Ça va, répond-il en regardant droit devant lui. Couvre-toi.

– Je vois bien que tu as froid, admets-je.

Si je me montre attentionnée et compatissante

avec lui, j'espère qu'il fera de même avec moi le moment voulu. Il s'est ouvert à moi, alors c'est le moins que je puisse faire.

– Tu sais, c'est normal d'accepter de l'aide.

Quand il me regarde, il me fait tellement penser à un loup que je ne peux me concentrer que sur ses yeux bleu pâle. Tout en lui hurle « *prédateur* » et il accepte ce qu'il est. Pas comme moi. Je ne sais pas ce que je suis censée être. Étant donné que je n'ai toujours pas fait ma première transformation, je ne suis pas complètement louve, et je ne le serai jamais. Je suis brisée, et indésirable, à cause de ce qui vit en moi parce que je ne me suis pas transformée.

– Est-ce que *tu* accepteras mon aide si je te la propose ? demande-t-il, un sourcil arqué.

– Ça dépend de ton offre. Aider, c'est subjectif, et ça veut dire bien des choses selon les gens. J'aime cette maison que j'ai construite. Elle m'offre la liberté d'aller et venir sans être contrôlée par quiconque. Alors je n'ai pas besoin d'aide.

– Mais tu es seule. On a tous besoin de quelqu'un, même si on croit être assez fort.

– Tu sais ce qui arrive quand on est proche des gens ? Ils finissent par mourir, et ça te brise. Alors, ouais, je préfère largement être seule.

Je tire le manteau sur mes jambes, et jusqu'à mon menton, pour me protéger du froid.

– C'est bien d'avoir ressenti cette douleur. Ça veut dire qu'au moins, tu as connu l'amour.

Cette réponse sévère me touche, et résonne en mon for intérieur. J'avais Maman, qui m'adorait, mais mon père nous a abandonnées quand j'avais six ans, après une énorme dispute avec Maman. Je me souviens des cris, et des creux dans les murs laissés par ses poings frustrés.

Il avait crié : « *Je ne peux protéger aucune de vous deux ! C'est de ma faute si Meira est faible. Elle sera toujours une paria.* »

Même après toutes ces années, ses mots me font l'effet d'un coup de poing dans le ventre. J'ai la gorge serrée en me rappelant qu'il était trop faible, bien trop faible pour rester auprès de nous. Au final, c'est à cause de moi qu'il est parti. Je mords ma joue jusqu'à m'en faire mal, pour enrayer la souffrance du passé.

Le silence retombe à nouveau, et je me sens perdue, je ne sais plus vraiment où est ma place en ce monde. Je sais avec certitude que mon destin n'est pas d'être une esclave. Je me cache depuis des années dans cette forêt, et c'est exactement ici que j'ai l'intention de rester inaperçue. Ici, je peux faire ce que je veux sans que personne ne me juge.

Mon pouls s'accélère et maintenant, je ne parviens à réfléchir qu'à la façon d'échapper à ce métamorphe. Dès que je l'entends dormir, je file. Évidemment, ça craint de devoir trouver une nouvelle forêt où construire ma cabane, mais ça vaudra le coup si ça m'éloigne de la meute de loups. Je n'ai besoin de personne.

– Tu devrais te reposer, remarque-t-il. Nous partons à l'aube.

Il n'y a que moi qui *devrais dormir ?* Il n'a pas l'intention de se reposer ? Il va me surveiller. Je serre les dents, puis m'allonge sur le côté, sur la couverture qui me sert de lit. La taille réduite de la cabane ne me permet pas de l'allonger complètement, alors je replie mes jambes et me pelotonne loin du métamorphe. Je doute qu'il soit capable de rester éveillé toute la nuit, alors j'attends mon heure.

Il remue derrière moi, le bois grince sous son poids. D'un coup, il s'allonge derrière moi, et cale son torse contre mon dos. Bien qu'il ne porte pas de vêtements, sa peau est brûlante contre moi, et sa chaleur m'envahit.

Je me raidis, et fléchis les épaules.

Sa main s'enroule autour de ma taille, et il me serre contre lui avec rudesse.

Je halète, et gigote pour m'échapper, mais il me retient.

– Tu ne t'enfuiras pas, me grogne-t-il à l'oreille.

Mon cœur s'emballe.

– Je ne peux pas dormir comme ça, insisté-je

– Va falloir t'y faire.

Je me fige un instant, puis je tourne la tête par-dessus mon épaule, et je le vois sourire.

– Qu'est-ce que tu veux dire ?

– Allez, petite diablesse. Tu n'es pas si naïve. Que crois-tu qu'un Alpha voudra faire avec une Oméga aussi magnifique que toi ?

Je serre les dents, et me tortille contre lui.

– Je ne suis pas une marchandise qu'on possède.

Il rit dans mon dos. Cet abruti aime me voir en colère. Il passe une jambe au-dessus de moi, me découvrant par la même occasion, et se serre encore plus. Son membre se presse contre mon cul, et seul le fin tissu de ma jupe et mes dessous nous sépare.

J'essaie de bouger, mais il me bloque. Je sens un tressautement contre mes fesses, puis un autre, et il ne faut pas longtemps pour que son membre durcisse. Et bon sang, il a l'air si grand.…

– Visiblement, tu ne sais pas te contrôler, dis-je.

– Si tu continues à gigoter, tu vas avoir un vrai problème sur les bras.

Ses mots m'obligent à me figer ; il se moque de moi.

– Je te déteste, balancé-je.

– Tant mieux. Je n'en attendais pas moins de toi. Maintenant, ferme les yeux.

C'est ce que je fais, mais je sais que le sommeil ne viendra pas. Merde, mais pourquoi il sent aussi bon ? Tout ce à quoi je pense, c'est à quel point ça pourrait être bon de l'avoir contre moi, peau contre peau. J'imagine son membre se glissant entre mes jambes, et mon bas-ventre se met à palpiter.

Dans mon dos, je l'entends respirer.

Je me fige.

Oh merde, il peut sentir ma chaleur.

Alpha

Son parfum sucré titille mes sens, et m'emplit les narines. Sa chaleur me brûle… cette petite diablesse me désire tout autant que je la désire. Mes boules remontent et sont lourdes. Je ne me rends absolument pas service. Elle est promise à quelqu'un d'autre. Mais si je m'endors, elle s'échappera dans la nuit ; j'ai le sommeil léger, si elle essaie de se dégager, je le sentirai. Alors je la tiens serrée contre moi.

Elle continue à tortiller son cul ferme, et plus elle me pousse, moins je serai capable de contrôler mes actes. Je n'arrête pas de m'imaginer entrer en elle, la remplir, la faire crier. Je ne n'ai jamais été aussi terriblement excité. Ce que je ressens, c'est de la lubricité instantanée, mon corps en pleine forme est prêt à la revendiquer. Je fais de mon mieux pour conserver ma santé mentale. Je jette un œil là où son manteau et sa jupe sont remontés sur ses fesses. Le fin tissu de ses dessous noirs suit la courbe de son cul. Ma queue palpite à la pensée de la toucher partout.

Mon cœur et moi sommes là, avec elle dans les bras, noyés dans cette douce senteur de vanille et de clémentine, mêlée à sa chaleur humide.

Je la tiens serrée, et mes doigts frôlent la peau

douce de son ventre, alors que mon membre se presse contre ses fesses.

Soudain, elle remue pour se retourner, son cul frotte sur mon sexe, et m'envoie direct au bord de la folie. Je siffle en inspirant, alors qu'elle se tortille pour me faire face.

– C'est mieux, marmonne-t-elle en se recroquevillant pour s'assurer qu'aucune partie de son corps ne soit en contact avec mon érection douloureuse.

Elle tire le manteau sur elle, et s'en enveloppe, seule sa tête dépasse. Sa bouche affiche un sourire satisfait, comme si elle avait gagné. Bon sang, si elle veut jouer à ce petit jeu, elle ne sait pas à qui elle a affaire. Mais je ne vais pas me laisser entraîner là-dedans. Parce que si elle me supplie de la prendre, je n'arrêterai pas tant qu'elle ne sera pas sous moi en train de se tordre.

Son souffle chauffe mon torse nu, et elle me jette un regard amusé. Ses yeux bronze pâle me font penser à un coucher de soleil après une tempête violente qui secoue la terre. Voilà ce que l'on ressent quand on la rencontre.

– Bonne nuit, lui dis-je, et la main toujours dans son dos, je la rapproche de moi.

Elle halète quand son corps se heurte au mien,

ma queue parfaitement nichée entre nous. Je ferme les yeux, un sourire aux lèvres.

Sa haine déclenche des étincelles de conscience à travers mon corps.

– Qu'est-ce que ça peut bien te faire que je reparte avec toi ? Tu peux dire à ton Alpha que tu ne m'as pas trouvée.

J'entrouvre un œil, puis un autre, sous son regard.

– Tu veux que je mente ? À mon avis, tu n'as jamais vécu dans une meute auparavant. Tu apprendras très bientôt comment ça marche.

– J'en ai entendu assez pour connaître la hiérarchie.

Elle plisse ses yeux magnifiques, et je sais bien pourquoi elle est si en colère. Mais dans une meute, elle sera plus en sécurité qu'ici. Le X-Clan a accepté de prendre soin de toutes les femmes que je lui envoie.

– Aucun animal libre n'aime être capturé, expliqué-je. Mais une fois qu'ils ont accepté leur nouvelle vie, ils en apprécient les avantages.

Elle me jette un regard dubitatif.

– Vraiment ? Tu parles de moi comme d'un animal qui a besoin d'être dressé. Je parie que tu as du succès auprès des femmes.

Elle renifle et me darde un regard furieux.

– Pour parler crûment, certaines louves métamorphes sauvages ont besoin d'être dressées, au profit de toute la meute, pour travailler en harmonie. Chacun connaît son rôle, et ensemble, on est plus forts.

Mais elle ne va pas rester mon problème bien longtemps. Son nouvel Alpha va avoir bien du plaisir à apprivoiser celle-ci.

– C'est ce que tu n'arrêtes pas de te répéter.

Je serre les dents. Encore une remarque, et je la couche sur mes genoux pour fesser son petit cul. Je resserre ma prise sur elle. Je suis venu ici pour une simple mission. Trouver la fille disparue, et la ramener.

Elle se met à tripoter le col du manteau qui la couvre, un tic nerveux, mais bientôt elle se cale et ferme les yeux.

Sa chaleur continue de se propager en volutes dans l'air jusqu'à m'envelopper. Je contemple son visage alors que sa tête repose sur sa main repliée. Sa beauté est indéniable : ses cheveux noirs étalés derrière elle, les lignes parfaites de ses petites pommettes et de son nez, ses lèvres pleines et pulpeuses... ces mêmes lèvres qui ont prononcé tous ces mots qu'elle n'aurait pas dû. Soudain, ses narines s'évasent, comme si elle sentait que je la regarde.

Je souris.

Dans la clarté de la lune, elle est enivrante.

Elle est trop parfaite.

Trop belle.

Bien trop attirante.

Et elle ne m'appartient pas.

CHAPITRE 5

MEIRA

J'ouvre les yeux – je suis en train de tomber. La panique explose dans ma poitrine. Je frémis et j'essaie de me rattraper avec mes bras. Sauf que mes poignets sont entravés par une corde.

– Calme-toi, grogne l'Alpha dans mon oreille, son bras enroulé autour de ma taille.

Je réalise que je pends sur son épaule, tandis qu'il descend de ma cabane.

Il atteint le sol, et je glisse le long de son corps jusqu'à ce que mes chaussures touchent le sol. Nos visages sont tout proches, je vois les petites taches argentées dans ses iris qui captent la lumière du soleil. Mon cœur bat la chamade.

Je déteste son rictus tandis que mes seins

descendent contre son torse. Il a peut-être le corps d'un dieu, complètement nu, et follement sexy, mais je ne veux rien avoir à faire avec lui.

– Détache-moi, sifflé-je en lui tendant mes poignets liés. Je n'arrive pas à croire que tu m'as attachée pendant que je dormais.

En guise de réponse, il attrape la corde qui pend de mes liens, et me tire derrière lui.

– On y va.

– Mais t'es vraiment sérieux ? Une laisse ? Je ne suis pas un chien.

– Tu es ma petite louve, dit-il avec un léger sourire, me jetant un regard par-dessus son épaule.

Je trébuche à sa suite, et je bouillonne intérieurement.

– La nuit dernière, j'ai vraiment pensé que tu pouvais être un bon loup. Et je t'ai même moins détesté. Mais maintenant, je te hais encore plus que les Monstres de l'Ombre qui rôdent dans ces bois.

Il me regarde, les lèvres pincées.

– Ça fait beaucoup de haine.

Je tire d'un coup sec sur la corde, mais il ne cède pas d'un pouce, et me traîne encore plus vite. La nuit dernière, j'aurais dû le balancer hors de ma cabane.

– Tiens-toi tranquille, et ce sera bientôt fini, suggère-t-il, comme s'il me faisait une faveur.

Qu'il aille se faire voir. Je lutte contre lui tout le long du chemin, l'obligeant à me traîner, et à forcer sur chaque centimètre.

Cela fait des heures que nous marchons, esquivant les branches basses, piétinant des arbustes épineux, marchant sur des troncs morts. Il a emporté quelques pommes que j'ai déjà mangées, mais mon estomac crie toujours famine.

Il m'a même autorisée à me soulager derrière un arbre. Pendant qu'il tenait la corde, bien entendu. La honte. Je le lui ferai payer.

De plus, comment se fait-il que nous n'ayons croisé encore aucun mort-vivant? Le soleil est juste au-dessus de nous quand nous sortons enfin de la forêt dense.

Il regarde à gauche et à droite le long d'une vieille route érodée, comme si quelque chose était censé l'attendre. De hautes herbes bordent la route, qui se balancent dans la brise.

– Est-ce qu'ils t'ont oublié? demandé-je d'un ton moqueur. Autant pour la meute qui prend soin des autres. On dirait que tu n'es qu'un méta-morphe parmi d'autres pour le vil Alpha qui t'a abandonné ici. Est-ce qu'il vaut vraiment la peine que tu risques ta vie pour lui ?

Il me regarde, et ses yeux bleus scintillent d'un éclat sombre. Dangereux.

Son regard menaçant me fait trembler. Ce métamorphe est puissant.

– Tais-toi et grouille-toi. Sinon je vais te porter tout le long, et tu seras dans les vapes.

Le ton rauque de sa voix tient ses promesses : il s'inquiète d'être vulnérable ici, face aux morts-vivants.

Il part sur la gauche et me tire brutalement derrière lui.

J'envisage de crier, et de faire du grabuge, mais je ne suis pas du tout certaine que les Monstres de l'Ombre soient dans les parages. Et je le crois quand il dit qu'il m'assommera.

Nous passons devant de hauts pins, le soleil nous cogne dans le dos. Je peine à respirer la brise chaude qui bruisse dans mes cheveux. Je déglutis malgré ma gorge sèche. Les muscles de mes cuisses sont douloureux à cause de la pente raide.

Des brindilles craquent sur ma droite, je me retourne et découvre voir un cerf qui nous observe depuis les bois. Le métamorphe qui me guide ne jette même pas un œil à l'animal, il se contente de humer l'air.

— Je n'ai peut-être pas d'autre choix que de faire ce que tu me demandes maintenant, mais ne crois pas que je vais t'obéir en aucune manière.

J'aurais dû en faire plus pour que les Monstres de l'Ombre s'emparent de lui hier. Ralentir. Tomber. Quelque chose. Mais ses paroles m'avaient terrifiée, parce que les loups allaient revenir. Ils auraient senti mon odeur sur lui, et n'auraient jamais cessé de me pourchasser.

Il me regarde, et réfléchit à mes propos.

— Si tu suis mes instructions, il ne t'arrivera rien. Tu n'as rien à craindre.

J'ai envie de rire. Je lève mes poings liés pour prouver que j'ai raison.

— Et en plus, ton Alpha m'envoie dans une autre meute, alors ne me mens pas.

— Je peux te garantir qu'il ne te sera fait aucun mal. Je ne traite jamais avec des brutes.

Mon cœur bat à tout rompre.

Il parle comme quelqu'un qui a de l'influence sur ce qui m'attend une fois que j'aurai rejoint la meute des Loups Cendrés. Sauf que les histoires que j'ai entendues au sujet de l'Alpha des Loups Cendrés le dépeignent comme un barbare. Une femme différente chaque nuit. Il fouette les métamorphes qui ne chassent pas leur nourriture. Et tous les nouveau-nés de sa meute sont bannis. En fait, j'ai du mal à croire cette dernière rumeur, car cela n'aurait aucun sens s'il souhaite faire grandir sa meute. Mais les autres histoires ont l'air plus réalistes.

– Bien sûr, un métamorphe inférieur a un tel pouvoir sur l'Alpha des Loups Cendrés.

Je détourne mon regard du sien, mais je sens qu'il m'observe derrière ses paupières tombantes.

– Tu dois savoir qui je…

Il s'interrompt. Je me retourne et le vois observer la route. Un véhicule noir se dirige vers nous. J'entends le léger crissement des roues sur l'asphalte.

Mon estomac se contracte, parce qu'à présent, ma capture semble bien réelle. Avec ce seul métamorphe, j'avais l'impression d'avoir une chance de m'échapper, mais une fois dans la meute, je serai surveillée. Un frisson court le long de ma colonne vertébrale.

Le métamorphe me tire par le bras au bord de la route, et me tient serrée contre lui.

– Tu n'as pas à faire ça, dis-je d'un ton désespéré.

Je vais être emmenée dans la meute qui dirige tout ce maudit pays. Je ne pourrai pas m'échapper, et la liberté que je pensais avoir, quelle qu'elle soit, ne sera plus qu'un lointain souvenir.

Il m'ignore et fait signe au véhicule en approche.

– Je t'en prie ! Libère-moi. (Je tends la main vers son bras, le touche.) Je ne veux pas être vendue ni être l'esclave de qui que ce soit. Je mourrai. Ton Alpha n'a même pas besoin de savoir que tu m'as trouvée. Je m'enfoncerai dans les bois, et tu ne me verras plus jamais.

Tandis qu'il me regarde, je cherche de la compassion dans ses yeux… ou quelque chose qui me prouve qu'il n'est pas le monstre que je crois.

– Je ne peux pas faire ça, Meira, dit-il d'un ton vif et tranchant.

– Je te déteste.

Cet abruti se contente de sourire quand le 4 4 noir s'immobilise à notre hauteur.

J'ai les jambes qui tremblent, et j'ouvre la bouche pour le supplier une fois de plus, mais le conducteur ouvre la portière, et je perds mes mots.

Un homme descend de la voiture. Il doit faire près de deux mètres, un peu plus grand que le métamorphe à mes côtés. Ses yeux pâles, gris acier, trahissent le loup. Il a les épaules larges, il est costaud, et il est très attirant. Mon cœur bat à tout rompre, mes poumons cherchent l'air.

Malgré sa taille imposante, il m'observe avec un intérêt marqué, comme s'il savait quelque chose que je ne sais pas. Je suis surprise qu'il ne meure pas de chaud sous ce soleil avec sa chemise à manches longues. Son jean sombre tombe bas sur ses hanches étroites, et il est chaussé de bottes de cowboy, détail plutôt étrange. Il a des cheveux brun sombre fournis, une mâchoire carrée et des lèvres épaisses, et une ombre légère couvre le bord de sa mâchoire, ce qui ajoute au style « homme des montagnes ». Il a quelque chose d'extrêmement sexy, et de mystérieux… Je ne m'attendais pas du tout à ressentir ça.

Grand et fier, le menton haut, un port arrogant. Est-ce l'Alpha des Loups Cendrés ?

Au milieu de ces deux-là, je me sens mal à l'aise, vraiment petite dans mes baskets, et le souffle coupé.

– Lucien, je commençais à croire que tu m'avais abandonné, plaisante mon ravisseur à l'attention du nouveau venu.

Je soupçonne ce petit commentaire d'être une

pique à mon attention à cause de la remarque que je lui ai faite un peu plus tôt.

Mes yeux lui lancent des poignards.

Lucien se frappe deux fois la poitrine de son poing, avant de courber légèrement la tête.

– Dušan, je ne doutais pas que tu puisses retrouver ton chemin.

Il glousse, comme si c'était une blague entre eux. Attendez.

Quoi ?

Est-ce que j'ai bien entendu ? Mon regard oscille entre les deux hommes, et finit par se poser sur Dušan.

Le métamorphe dans les bras duquel je m'étais endormie. L'homme dont l'érection m'avait titillé le postérieur.

Je n'arrive pas à respirer.

C'était Dušan, l'Alpha des Loups Cendrés, pendant tout ce temps, et il ne m'a rien dit.

Son expression est hilare, il est content de me voir choquée.

Tu es surprise ? Il ne le demande pas à voix haute, mais c'est écrit sur son visage.

Il m'a laissée dire toutes ces choses sur lui, et s'est contenté de m'écouter. La chaleur me monte au cou, mais ce n'est rien comparé à la colère qui me brûle la poitrine.

Je cille en regardant les deux hommes, et les mots me manquent. Je ne sais absolument pas pourquoi ma louve a montré de l'intérêt pour cet Alpha, et voulait que je me rapproche de lui. Elle doit avoir pété un câble, parce que cet Alpha représente tout ce que je ne veux pas chez un partenaire. Il est arrogant. Dominateur. Insistant.

Je détourne mon regard du sien, et remarque que Lucien m'observe d'un œil perçant. Il examine mon corps de haut en bas, me scrute tout entière. Une excitation nerveuse monte en moi, et c'est mal. Mon corps ne devrait pas du tout répondre à aucun de ces métamorphes, et pourtant il le fait. Je suis en feu, et mes tétons durcissent contre le tissu de mon haut. Sous leurs regards, je me sens exposée, comme si c'était moi qui me tenais nue devant eux.

Le regard de Lucien revient à mes yeux, et je ne parviens pas à me détacher de ces globes hypnotiques couleur acier, surmontés de longs cils.

– C'est elle ? Meira ?

– Ouais, répond Dušan, en me jetant un regard satisfait. Elle est fougueuse, fais gaffe à ses griffes.

Je ricane tandis qu'il tend à Lucien la corde qui

tient mes poings liés, puis se dirige à grands pas vers l'arrière du véhicule.

Des mots me viennent à l'esprit, mais encore sous le choc, ils refusent de sortir. Je suis coincée avec deux métamorphes, et ma louve gronde pour que je me rapproche d'eux, alors qu'ils me kidnappent et me privent de ma liberté.

– Mets-là à l'arrière, et tirons-nous de là, ordonne Dušan en ouvrant la portière.

Il sort des vêtements, enfile un jean aux ourlets déchirés. En s'habillant, il lève les yeux sur moi, et me gratifie d'un clin d'œil.

Je fulmine.

Lucien m'empoigne le coude, et me traîne jusqu'à la porte arrière du véhicule,» qu'il ouvre pour moi.

– Après toi.

Je lève mes mains liées pour grimper, et me hisse ; l'affaire est rendue difficile par mes poignets attachés.

» On me pousse, et je tombe en avant sur le siège. Je tourne la tête.

– Tu es une vraie charmeuse, tu sais ça ?

La portière claque au moment où Dušan ferme la sienne.

– Connards ! hurlé-je aux deux hommes restés dehors à murmurer en privé.

Je fouille le sol et l'arrière de la voiture en quête d'une arme quelconque. Il n'y a que des vêtements. Je gagne l'autre porte, et tire sur la poignée. Verrouillée. Évidemment.

Les deux hommes dehors reviennent à la voiture, et sautent sur les sièges avant.

Mon estomac se noue alors que nous prenons la route.

Dušan se penche en arrière sur son siège, et me regarde. Ses yeux bleus me fixent, déclenchant tous les feux de l'enfer en moi alors qu'il bloque son regard sur mon visage.

– Mets-toi à l'aise. On a une longue route.

Je me détourne de lui, et regarde par la vitre, tandis que nous quittons la forêt. L'endroit que j'appelais autrefois mon chez-moi. La quitter me laisse un goût doux-amer. Je n'ai aucune échappatoire.

CHAPITRE 6
MEIRA

Un frisson me parcourt pendant que nous tournons, et grimpons le long d'une route étroite. Cela fait des heures que nous roulons sur les sommets rocheux des Carpates, et plus nous approchons de la meute de Dušan, plus j'ai mal à l'estomac.

Dehors, on voit rôder des morts-vivants, et il y en a d'autres qui sortent des bois. Ce n'est jamais bon signe, parce que cela signifie qu'ils ont senti le sang, ou qu'ils se rappellent s'être déjà nourris dans cet endroit. Ils se souviennent des lieux.

Nous nous approchons d'un épais portail en métal d'au moins quatre mètres soixante de haut. Une clôture similaire, surmontée de barbelés, s'étire de chaque côté du portail, et fait le tour de la colonie. L'endroit à l'air sinistre, et évoque un pénitencier.

Des pins gigantesques se penchent au-dessus de notre chemin, mais les plus proches de la colonie ont été abattus, et il ne reste que des souches. Ils ont fait tout leur possible pour empêcher les morts-vivants et les intrus d'entrer dans leur colonie.

J'aperçois une énorme bâtisse médiévale au-delà de la clôture, en haut de la colline. J'en reste bouche bée, sidérée.

– Ta meute vit dans un château ?

Le souffle coupé, je contemple les épais murs de pierre, les tours pointues, les créneaux aux sommets. J'ai déjà lu des choses au sujet d'endroits comme celui-là dans les livres que Maman me trouvait quand nous fouillions les maisons abandonnées. Mais c'est la première fois que j'en approche un.

– C'est la Forteresse Râsnov, m'explique Dušan. Les chevaliers ont construit cet endroit il y a longtemps, pour protéger les villages locaux contre l'invasion d'autres pays. Plus tard, les Saxons ont agrandi la structure. Et aujourd'hui, c'est le foyer des Loups Cendrés.

Je hoche la tête, incapable de détacher mon regard de la forteresse qui semble occuper la plus grande partie de la montagne. J'ai toujours supposé que les loups vivaient dans des cabanes en bois dans la forêt, pour se protéger des Monstres de l'Ombre dans l'endroit le plus sûr. Pas... dans une *forteresse.*

Nous nous arrêtons près du portail. Un mouvement attire mon attention sur le côté droit de la voiture. Deux Monstres de l'Ombre foncent vers nous, bouches ouvertes, orbites creuses, bras immondes, couverts de boue et de sang séché. L'un d'eux est à moitié décomposé, avec un trou sur son flanc laissant voir les côtes. Je manque de vomir à cette vision.

Soudain sa tête se met à tressauter de tous côtés, puis son corps s'effondre au sol sous l'impulsion. Il atterrit dans un fossé, et ne bouge plus. Leur abîmer le cerveau ou les décapiter sont les meilleurs moyens de les tuer une fois pour toutes.

Je lève les yeux vers la clôture, et repère un sniper avec un fusil. Le deuxième monstre se fait descendre tout aussi vite. C'est facile quand ils sont peu nombreux... mais c'est une autre histoire que d'être confronté à une centaine d'entre eux.

J'en ai croisé un essaim, un jour que je me baignais dans une rivière. Ils étaient sortis des bois juste à côté, me prenant au dépourvu. Ils m'ont laissé tranquille, mais comme je suis invisible à leurs yeux, ils m'ont bousculée, poussée et piétinée quand je suis tombée. Je ne sais même pas comment j'ai survécu, mais c'est ce jour-là que j'ai pris la décision d'installer mon abri dans les arbres.

Un corbeau descend en piqué vers le sol, et sautille en direction des morts. Il pique dans une blessure sur le flanc de l'homme, puis s'envole aussitôt. Même les charognards refusent de manger les Infectés.

Le portail coulisse et nous avançons de nouveau. Je me retourne pour le voir se refermer rapidement, avec un claquement final.

Nous roulons sur une route sinueuse qui nous emmène plus loin dans la montagne, et plus nous roulons, plus ma poitrine se serre. Des pins recouvrent la colline dans toutes les directions, et parmi eux, je vois des loups qui rôdent. Ils ont d'épaisses fourrures noires et grises tout emmêlées, mat, et leurs babines se retroussent dangereusement sur des dents pointues.

La forteresse repose au sommet de la colline. Un pont-levis surdimensionné s'abaisse devant nous, et nous entrons pour nous arrêter enfin dans une grande cour pavée. Une demi-douzaine d'autres véhicules sont garés là.

Les deux métamorphes sortent rapidement de la voiture. Mon estomac se serre quand Lucien s'approche pour me laisser sortir.

Alors que je descends, il me prend la main au lieu de la corde qui enserre mes poignets, puis il s'éloigne du véhicule à pas rapides. Des fleurs magnifiques et des arbres fruitiers parsèment les lieux, mais ne paraissent pas à leur place. Tout autour de la cour se dressent des maisons en pierres qui ressemblent à des reproductions miniatures du château. En passant devant, je remarque de petites ruelles qui filent entre elles, et mènent à d'autres bâtiments derrière. Au fur et à mesure que nous progressons, il y a de plus en plus de monde partout. Seulement des hommes… mon cœur bat la chamade. Où sont les femmes et les enfants ?

Je n'ai qu'une envie : pleurer.

Tout me semble complètement étranger. Depuis des années, tout ce que j'ai connu, ce sont les bois, et les petites colonies ici ou là, qui ne comptaient que des femmes. Mais ça… cet endroit est tellement immense que j'en suis intimidée.

Les autres métamorphes jettent des regards dans ma direction, voire me dévisageant de la tête aux pieds. Je me hérisse, et me détourne, pour tomber sur Lucien.

– On doit aller vite.

J'entends la panique dans sa voix, et mon pouls s'accélère.

Je prends une grande inspiration, essayant de contrôler mes tremblements et de repousser la peur qui m'envahit.

Dušan marche à grandes enjambées devant nous, tout en muscles, et très grand ; même sa façon de bouger est séduisante. Tous les métamorphes devant lesquels nous passons reproduisent le même signe d'allégeance à leur Alpha, en se frappant le torse de leur poing à deux reprises.

J'essaie de garder en tête à qui j'ai affaire, maintenant. J'ai bien conscience à présent qu'il n'est pas un métamorphe ordinaire. C'est Dušan. L'Alpha au sujet duquel j'ai entendu tellement de rumeurs atroces. Pour l'instant, je n'ai pas encore vu cette facette de lui, si on exclut l'arrogance, la domination et le kidnapping. Mais tandis qu'il me regarde, je m'inquiète de devoir très bientôt rencontrer ce monstre.

Au fond de la cour se dresse un bâtiment gigantesque, un genre de château. Il est fait de pierres couleur de sable, et il est flanqué de trois tours, avec des toits pointus, et de nombreuses fenêtres cintrées. Au troisième et dernier niveau s'étend une large terrasse. Des gardes se tiennent devant l'entrée, et de plus en plus d'hommes métamorphes sortent de leurs maisons, beaucoup humant l'air, et me fixant avec trop d'intérêt. Les expressions des gardes me rappellent celle du métamorphe qui m'a attaquée dans les bois.

J'étouffe de panique alors que nous accélérons le pas.

Les gardes s'écartent, et Dušan pousse la porte de métal pour nous faire entrer dans le château. L'intérieur est faiblement éclairé, les murs de pierre sont dépourvus de tableaux ou de décorations. Nous arrivons devant un grand escalier aux rampes noires ouvragées. L'endroit donne une impression de vide, et ce n'est qu'en détaillant de plus près que je vois les marques de griffes sur les murs et le sol. La brèche dans la rampe. Il y a même trois coups de griffes au plafond, là où pend un chandelier.

Dušan s'arrête devant l'escalier en acajou, et pivote pour nous faire face. La chaleur m'embrase à la façon dont son regard glisse sur moi, ses yeux stupéfiants brillent d'un éclat flamboyant. On dirait qu'il n'arrive pas à se décider sur mon sort.

– Qu'est-ce qui va se passer maintenant ? demandé-je.

Il ne répond pas tout de suite, et je vois les rouages tourner derrière ses yeux bleu pâle. Est-ce qu'il se rappelle que je lui ai offert un abri contre les morts-vivants, et comment il m'a serrée fort contre lui la nuit dernière ? Au moment où je me dis qu'il pourrait me demander de le rejoindre, il s'en va, et balance par-dessus son épaule :

– Emmène – là avec les autres dans la salle d'attente.

Il grimpe les marches deux à deux. Un poids immense s'abat sur mes épaules, je me sens de plus en plus déprimée.

Salaud.

J'ouvre la bouche pour dire quelque chose, mais Lucien m'attrape le coude pour m'emmener.

– Il y a quoi dans la salle d'attente ? demandé-je.

– Ce n'est qu'un endroit où te détendre, et où tu seras en sécurité. Tu n'as pas à t'inquiéter, Meira. Personne ne te fera de mal ici.

Je cille devant ce bel homme qui me conduit le long d'un couloir dallé faiblement éclairé. Je n'essaie même pas de retenir le chemin que nous empruntons. Avec tous les gardes que l'on croise, jusqu'où irais-je si j'essayais de m'enfuir de ce château ? Des métamorphes musclés, tout de noir vêtus, scrutent chacun de nos mouvements.

– Ce n'est pas vrai, n'est-ce pas ? réponds-je. C'est là où je vais patienter jusqu'à ce que vous m'envoyiez à l'Alpha à qui vous me vendez.

Il me jette un œil mais ne répond rien, parce que j'ai raison. Je soupire, et détourne mon attention de lui. Mes tripes sont semblables à du goudron, elles collent à mes côtes, et j'ai envie de hurler.

Lucien me mène à une porte au bout du couloir, le pas lourd, aussi lourd que sa respiration.

La porte grince quand il l'ouvre, et nous nous retrouvons face à un autre garde, dont le regard se plante dans le mien. Il est bronzé, et a les cheveux rasés sur les côtés. Une cicatrice ancienne lui barre le visage, partant de son nez pour arriver sous un œil.

– C'est la disparue ? grogne-t-il.

Lucien acquiesce.

– Premier vol demain matin.

Ses mots sont comme des coups de poignard dans mon dos, et il remue le couteau dans la plaie.

On m'expédie au loin tellement vite. Je ne suis pas prête à partir. J'ai vécu toute ma vie dans ce pays. Je connais ces bois, et les monstres qui les peuplent.

Lucien se tourne vers moi, et tripote la corde autour de mes poignets.

— L'accord que Dušan signe avec toutes les meutes avec lesquelles nous traitons stipule qu'aucun mal ne doit jamais être fait aux femmes qu'il envoie.

Il libère mes poignets de la corde, mais saisit mes mains avant que je puisse les retirer. Il me sourit, comme si je devais être reconnaissante. Mais je suis déchirée. J'ai peur. Je suis en colère. Je suis perdue.

— Une prisonnière reste une prisonnière, murmuré-je.

Un éclair de douleur passe sur son visage alors qu'il me regarde. Ses yeux gris acier semblent transpercer mon âme, tandis que son pouce caresse l'intérieur de mon poignet. Je déglutis avec difficulté.

— Si on te fait du mal, trouve un moyen de nous contacter, me précise-t-il. On prend contact régulièrement avec les meutes et les femmes. Fais-moi confiance là-dessus.

Sous son regard, mes pensées agitées sont facilement balayées, je suis à sa merci. Sa façon de me caresser les poignets du bout de son pouce déclenche une sensation entêtante qui me submerge, tout autant que sa puissance d'Alpha.

Cœur battant, je le fixe comme s'il y avait quelque chose entre nous, mais j'ai l'impression de patiner sur un lac gelé en ignorant l'épaisseur de la glace. C'est imprudent, et ça ne peut que mal se terminer pour moi. Les hommes métamorphes veulent tous la même chose : réclamer une femme, et l'imprégner. Et je ne peux pas être cette femme, et porter un enfant dans ce monde horrible. Je ne devrais pas avoir envie de faire quoi que ce soit avec Dušan ou Lucien.

Il ouvre la bouche pour m'expliquer quelque chose, mais je ne veux pas entendre les excuses qu'il aurait à me donner. Demain, je serai partie, et je ne le reverrai jamais. J'arrache mes mains des siennes, et j'entre dans la pièce, le laissant derrière moi.

Je n'ai aucune raison de faire confiance à aucun de ces Loups Cendrés. Ni maintenant, ni jamais.

Dans la pièce, il y a au moins une dizaine de femmes que je ne connais pas et qui se détendent, lisent des livres, ou discutent. À ma grande surprise, elles ont presque l'air heureuses d'être ici. Deux sont assises à discuter près du feu, une brune reste seule près de la fenêtre, observant la forêt en bas. Tous les canapés sont occupés, et aucune ne regarde dans ma direction. Elles ressemblent aux filles dans l'avion, à peu près du même âge que moi, habillées de vêtements propres, ni déchirés, ni tachés.

Je me retiens de pleurer, et m'accroupis dans le coin le plus éloigné, frottant mes poignets endoloris par les cordes.

J'ignore combien de temps s'écoule avant que la brune de la fenêtre ne se lève et étire son dos, avant de se diriger vers moi.

– Comment vas-tu ? Elle s'assied devant moi, jambes croisées.

– Je déteste cet endroit, réponds-je.

Elle rit à moitié, et hoche la tête.

– Je ne comprends pas comment certaines d'entre elles peuvent avoir l'air aussi détendues. (Du menton, elle désigne les filles qui gloussent sur le canapé.) J'ai les orteils qui me démangent, j'ai envie de m'en aller.

Elle parle à toute allure, agitant les mains. Elle porte une robe à rayures jaune et blanche à manches courtes. Pas la moindre trace de saleté.

– Je m'appelle Sam, dit-elle en passant une main dans ses boucles.

Elle est magnifique, avec ses longs cils, et son rouge à lèvres rose. La seule que j'ai jamais vue porter du rouge à lèvres, c'est Juine. Elle m'a laissé essayer une fois, mais j'ai trouvé ça collant.

– Meira, me présenté-je.

Je réalise qu'il n'y a aucune raison de le cacher plus longtemps. Cela ne changera rien à ma situation.

– Tu te débrouilles bien, Meira, pour ne pas paniquer. La plupart des femmes qui viennent d'arriver ne tiennent pas le coup et s'effondrent.

– Oh, j'ai eu le temps de flipper quand Dušan m'a attrapée dans les bois.

Elle reste bouche bée.

– L'Alpha en personne ? C'est pas vrai ! (Sa voix part dans les aigus sous le coup de l'excitation.) À quoi il ressemble ? J'ai entendu tellement d'histoires, toutes contradictoires. Il y a quelques femmes qui l'ont vu, et elles disent qu'il ressemble à un dieu. Mais il ne parle à personne qui n'a pas le statut d'Alpha.

Je manque de m'étouffer de rire.

– Si tu veux mon avis, c'est plutôt un connard.

Le simple fait de le dire me ramène à ma

cabane dans les arbres, et son érection qui tressautait contre mon cul. Ouais, c'est vrai, c'est un connard.

Au début, elle a presque l'air offensée à mes mots.

– À quoi il ressemble ? Il est beau ?

Je cille.

– Tu ne l'as pas vu ?

Elle secoue la tête.

– Ça fait trois jours que j'ai été capturée par un mâle Beta, et amenée ici. Nous toutes ici allons participer à une cérémonie d'accouplement ce soir, pour voir si notre âme sœur se trouve parmi la meute des Loups Cendrés. Sinon, nous serons vendues à une autre meute quelque part en Europe. Dušan a quelques partenariats commerciaux apparemment.

J'ignore en quoi consiste la cérémonie, mais j'en sais suffisamment pour avoir une idée de ce qui va se passer. À dire vrai, je déteste l'idée dans son ensemble.

– Et tu es d'accord avec ce truc de la cérémonie ?

Elle acquiesce avec enthousiasme.

– J'étais en chaleur quand je me cachais dans les bois durant les deux derniers cycles, et ça m'a causé des douleurs atroces. Ma louve réclame un partenaire à corps et à cris, et si je reste dehors, un métamorphe sauvage me pourchassera, et me pilonnera à mort. Alors au final, je suis heureuse de pouvoir arrêter de fuir, et d'avoir peur. Et j'ai hâte de voir si mon partenaire est dans cette meute.

Elle me prend la main, elle tremble presque sous l'effet de l'adrénaline.

– J'ai entendu dire que Dušan, et même son Troisième, Lucien, pourraient participer. Ils doivent tous deux trouver une partenaire.

Une lueur d'excitation brille dans ses yeux.

C'est l'une des pires choses que je n'ai jamais vues. Mais je ne vais pas détester cette femme pour sa joie, si c'est ce qu'elle veut.

– Bonne chance pour trouver un Alpha.

Elle rayonne.

– Tu n'es pas excitée pour ce soir ?

Je dévisage les femmes autour de nous. La plupart de celles qui discutent sont aussi excitées que Sam. Ces femmes meurent d'envie d'avoir un partenaire. Elles veulent un métamorphe à qui se lier pour avoir des bébés. Je ne parviens pas à imaginer vivre comme ça, laisser quelqu'un d'autre me contrôler, ne plus jamais me sentir libre.

Maman disait toujours que jusqu'à ce que ma louve sorte, je devais rester à l'écart des autres loups parce qu'ils me tueraient à cause de ma différence. C'est pourquoi je me bats avec autant d'acharnement pour ma liberté.

– On te vend sans cérémonie ? demande-t-elle.

Avec un soupir, je réponds :

– Ouais. On me traite comme un animal.

Mes mots sont emplis d'amertume, alors que me reviennent en mémoire les images de ma capture dans les bois, avant qu'on me jette dans un camion. Là, un métamorphe m'avait interrogée, et avait pris des notes à mon sujet dans un carnet. Ensuite, on m'avait embarquée dans un avion. Alors tandis que ces filles ont droit à une cérémonie, je n'ai droit à rien de tel.

– Oh, Meira… (Elle pose une main sur mon genou replié.) Tu ne regardes pas la situation du bon point de vue. Tu gagnes un partenaire de vie, et tu ne seras plus jamais seule. Ce n'est pas ce que tu veux ?

Je secoue la tête, et ma réponse lui fait écarquiller les yeux.

– Vraiment ? s'étonne-t-elle.

– Tu n'as pas envie d'autre chose que de

simplement servir un homme et porter ses enfants ?

J'essaie de parler sans amertume, pour ne pas briser ses rêves.

Elle cille, et me regarde, confuse. Ce doit être tellement agréable de vivre une existence si ignorante des réalités. C'est peut-être moi le problème, moi qui lutte contre l'appel primaire de ma louve ; sauf que je ne suis pas comme Sam, ou comme l'une des autres filles dans cette pièce. Les choses ne sont jamais aussi simples pour moi. Ce que j'ai au fond de moi n'est pas normal ; mais je repousse ces pensées.

– Eh bien, Meira, dit Sam en se relevant. Je suis désolée qu'on te vende sans que tu aies une chance de trouver ton partenaire dans cette meute avant. Nous, les loups, sommes nés pour trouver notre deuxième moitié, pas pour être solitaires, alors je dirai une prière à la lune pour que tu trouves bientôt ton partenaire.

Avec un petit sourire, elle traverse la pièce pour rejoindre les autres sur le canapé.

Je baisse la tête et contemple le parquet, repérant les griffures. Les paroles de Sam me restent en tête. Sauf que je me rappelle que je ne suis pas comme elle, et que la seule solution pour moi, c'est de rester seule.

Le temps passe, je ferme les yeux, et glisse dans le sommeil. Il fait nuit dehors à présent, et avec elle revient une douleur persistante au creux de moi. Elle se fait de plus en plus forte, me fouaille plus profondément.

Je me relève. Peut-être que marcher me soulagera. Personne ne fait attention à moi, mais tout ce à quoi je pense, c'est à respirer lentement pour repousser la douleur. Elle vient toujours par vagues. Ma maladie ne m'a jamais quittée, même après ces dix-neuf années.

Mais le mal me frappe comme si on m'assénait des coups de fouet. Je crie, les mains agrippées à mon ventre, et tombe à genoux.

Des voix s'élèvent autour de moi. Il y a quelqu'un à mes côtés, mais je ne peux fixer mon attention sur quoi que ce soit. Je siffle sous le coup de la souffrance qui me lacère. Elle s'approfondit, devient plus aigüe, se resserre autour de mon ventre.

— Meira ! s'écrie Sam, adressant des gestes frénétiques à quelqu'un dans mon dos.

Je tombe par terre. J'ai des étoiles devant les yeux, et ma vue se brouille. Mes tripes sont en feu, comme si on m'arrachait les entrailles. Je serre mes bras autour de moi, remonte mes genoux vers ma poitrine, tente de gérer cette douleur insoutenable.

– J'ai besoin d'aide…

Les mots s'échappent de ma bouche au moment où l'obscurité envahit mon champ de vision.

CHAPITRE 7
DUŠAN

L'Alpha en moi exige que j'appelle Ander et lui confirme que j'ai retrouvé son Oméga disparue. Sauf que mon loup montre les dents à l'idée que je ne la revendique pas moi-même. Sa bouche délicieuse balance tellement de choses qu'elle ne devrait pas dire… des mots pour lesquels j'aurais puni n'importe quel autre loup. Je devrais la traîner hors d'ici et fesser son petit cul ferme pour les commentaires qu'elle a faits dans les bois.

Ça ne m'empêche pas d'avoir envie de la prendre si fort que toute la colonie entendrait ses cris de plaisir, et saurait qu'elle a été revendiquée. Qu'elle est à moi. Tous ces métamorphes qui la fixaient avec avidité dans la cour m'ont rendu furieux, et maintenant il faut que je m'occupe de ce problème. C'est une femme non marquée, elle a une odeur puissante, qui attire les hommes vers elle. À moins qu'un véritable accouplement ne se produise, sa louve doit accepter le mâle.

Je soupire et me penche par-dessus le balcon de mon bureau ; il y a encore du vent aujourd'hui, mais je sens dans l'air que quelque chose se prépare. En dessous de moi, la forêt de pins persistants s'étire dans la montagne. La vieille cité de Râșnov s'étend non loin, désormais abandonnée et en ruines. Plus personne ne vit ici à part quelques squatteurs occasionnels. Les rues sont pleines de morts-vivants, alors les humains sont partis il y a bien longtemps.

Quelqu'un se racle la gorge, et je flaire le parfum boisé de Lucien qui me rejoint sur le balcon.

– Elle a quelque chose de différent.

Je sais précisément de qui il parle. J'ai vu son regard quand il a rencontré Meira, j'ai vu son souffle court, et senti les battements de son cœur accélérer. Elle s'est emparée de moi par surprise, comme une tempête inattendue, et son odeur refuse de partir ; son attitude fougueuse est pour moi comme un défi que je veux relever.

Je fais face à mon Troisième, et recentre mes pensées sur nos affaires.

– Ander attend qu'on la lui livre.

Il hoche la tête, mais je remarque la tension autour de ses yeux.

– Et si on la gardait un peu plus longtemps ? suggère-t-il. Et qu'on découvrait ce qui la rend différente des autres. Je doute qu'Ander apprécie qu'on lui expédie de la marchandise défectueuse.

Le vent dégage ses cheveux de son visage, et il s'agrippe à la rambarde à côté de moi.

– Elle te fait tant d'effet que ça ? demandé-je.

Il lève ses yeux gris acier et les plante dans les miens.

– Absolument pas.

Je le crois presque. Presque. Il a toujours su convaincre les autres qu'il n'est pas impacté par l'état du monde, comme s'il était aussi immuable qu'une montagne, et se contentait de serrer les dents quand la vie devenait plus dure. Mais je connais bien l'homme qui se tient devant moi. C'est un ami qui a tant perdu que la seule façon de s'en sortir, c'est de s'en tenir au déni. C'est pour cette raison qu'il porte des bottes de cowboy. C'est la seule chose qui lui reste de son père ; il n'est pas si fort pour dissimuler sa douleur qu'il le pense.

– Putain, il faut absolument que Mad et Caspian reviennent du X-Clan. (Je grogne.) Je n'ai pas besoin qu'une tête brûlée comme Mad ruine mes accords d'échange en faisant des conneries.

Je raidis les épaules. Le seul moyen d'assurer la sécurité de tous les membres de ma meute, c'est cet accord. Livrer Meira résoudra le problème. Alors pourquoi le doute s'infiltre dans mon esprit à l'idée de l'envoyer à Ander ?

Mon loup renâcle devant mon indécision. S'il pouvait rire, il éclaterait. Les loups sont faits pour s'accoupler. Nous sommes ainsi faits.

Avec un sourire agaçant, Lucien m'assène une tape dans le dos.

– Elle t'a eu aussi, à ce que je vois.

– Merde. (Je secoue la tête.) Je n'ai pas besoin de ça. (Je me passe une main dans les cheveux en contemplant le paysage.) Il y a quelque chose qui ne va pas chez elle. Son odeur n'est pas normale.

Et si j'avais rencontré ma partenaire, je le saurais. C'est pour ça que je suis persuadé que ce que je ressens, c'est un peu plus que du désir.

– Je me demande si elle n'est pas un croisement entre deux races de loups, suggère Lucien.

Nos regards se croisent, et je plisse les yeux.

– Tu crois qu'elle vient d'une meute ennemie ?

Il hausse les épaules.

– Tu m'as dit une fois qu'il faut toujours envisager toutes les possibilités.

Sauf qu'elle vivait dehors, dans cette cabane dans les arbres. Du moins, c'est ce que j'ai cru. Ce qui ne veut pas dire qu'elle n'est pas alliée avec une autre meute. Il y a de nombreuses races de loups métamorphes, et beaucoup sont prêts à tuer pour mettre la main sur ma meute et mon territoire. S'ils me tuent, ils auront le droit de se battre pour la place d'Alpha de ma meute.

Je serre les dents et prends une forte inspiration, essayant de me contrôler. Elle ne pourrait pas être une espionne, envoyée dans le but d'introduire des Alphas dans la meute ? Est-ce que je la connais vraiment ?

Je suis arraché à mes pensées par des pas dans mon dos qui attirent mon attention.

Mihai est entré dans le bureau. Je hoche la tête. Parfait. Je vais découvrir ce qui s'est passé au juste avec la livraison au X-Clan.

Lucien et moi traversons le balcon pour rejoindre Mihai dans le bureau.

Il se frappe le torse à deux reprises avant d'incliner la tête. C'est un Beta en charge de l'organisation des transports, et ça fait des années qu'il fait un sacré bon boulot. Or Mad a vite rejeté la faute sur lui pour la disparition de Meira lors de la livraison.

– Dušan, dit-il, attendant un ordre.

– Assieds-toi.

Il s'exécute, prenant place face à moi, de l'autre côté du bureau. À part ce meuble, la pièce est vide. Ce n'est pas un endroit où se détendre, c'est un endroit où gérer le merdier. Lucien se tient près de la porte du balcon, et son ombre s'étire sur Mihai. Il est assis immobile, le dos droit, ne flanche pas.

– Tu ne m'as jamais laissé tomber, commencé-je. Alors comment se fait-il qu'une fille ait disparu lors de la dernière livraison ?

Il inspire profondément, et s'ensuivent quelques secondes d'un silence gênant. Le regard de Mihai oscille entre Lucien et moi.

– J'ai livré neuf filles.

Il fouille dans sa poche, et en extrait un papier plié. Il le pose devant moi, et le déplie.

Je lis la liste de filles, la dernière étant Meira.

Tous les noms sont cochés, comme pour chaque bon de livraison. Nous n'avons jamais rencontré ce problème avant.

En levant les yeux, je ne vois pas un loup qui aurait quelque chose à cacher. Il ne présente aucun des signes révélateurs de mensonge, ne transpire pas non plus nerveusement.

– Alors, tu es sûr que neuf filles sont montées dans cet avion ?

Il soutient mon regard, sans jamais détourner les yeux.

– Je les ai amenées à Mad, à l'avion, comme je le fais toujours, puis je suis parti. Je n'ai absolument rien changé à mes habitudes.

Sans la présence de Mad, je ne peux corroborer aucune de leurs deux versions. Mais il me reste Meira, qui n'a aucune raison de mentir sur la façon dont elle s'est évadée. Mon seul problème, c'est de la persuader de me parler.

– Et Mad ? demande Lucien. Il a eu un comportement différent ?

Mihai éclate de rire.

– Mad s'est comporté comme d'habitude, comme un connard, en me disant d'aller me faire foutre parce qu'ils étaient en retard.

Je cille, parce que je n'étais pas au courant que

le vol avait été retardé. Donc, d'après ce que je comprends, les filles étaient arrivées jusqu'à l'avion. Sauf que, d'une manière ou d'une autre, Mad en avait égaré » une » entre le chargement et le décollage, vu que Meira était toujours dans nos bois, et pas dans un autre pays. Je n'ai pas besoin que mes gars fassent des conneries. Je jette un œil à mon intercom, et appelle Mad.

– Excusez-moi…

Jay, l'un de mes gardes rapprochés, passe brusquement la tête par la porte de mon bureau. Il a l'air complètement paniqué.

– Je suis désolé de vous interrompre, mais nous avons une urgence.

– Qu'y a-t-il ? Grogné-je.

– Il y a un problème avec la nouvelle louve. Elle pleurait de douleur, et vient de s'évanouir.

Mon cœur se serre. Lucien s'approche, le souffle court.

– Amène-la dans ma chambre, lui ordonné-je.

Je jette un regard incrédule à Lucien, repensant à notre discussion sa différence. Mihai, toujours assis, fronce les sourcils, confus.

– Tu peux y aller, lui dis-je. Nous en rediscuterons plus tard.

Meira

J'ouvre les yeux, et mon cœur s'emballe. La sueur ruisselle sur mes joues et dans mon cou, et mon corps tout entier brûle de chaleur. Je plisse les paupières dans la lumière du soleil qui entre dans la pièce par la fenêtre cintrée. Tout d'abord, je n'arrive pas à réaliser où je me trouve. Puis lentement, je commence à distinguer ce qui m'entoure.

Les murs de pierre me rappellent que je suis dans le château des Loups Cendrés. Je suis allongée sur le côté, sur un lit moelleux, les yeux tournés vers une armoire de bois sombre, dont les coins sont ornés de loups hurlant à la lune. Le sol est couvert d'un tapis épais couleur du sang frais. Cela fait bien longtemps que je n'ai rien vu d'aussi propre et neuf.

Son odeur est partout dans le lit. Dušan. Sa senteur de musc et de loup m'envahit, comme la nuit dernière dans ma cabane. C'est sa chambre. L'Alpha m'a déposée dans son lit, et je suis troublée, vu qu'il m'a brusquement quittée pour qu'on m'emmène dans salle d'attente avant d'être expédiée.

– Comment tu te sens ? demande une voix grave derrière moi.

Je me retourne, et trouve Lucien assis sur le bord du lit, qui me regarde d'un air soucieux.

– Tu nous as tous fait peur quand tu t'es évanouie et qu'on n'arrivait pas à te réveiller.

– J'ai la gorge sèche, croassé-je.

Je promène mon regard autour de la pièce, et découvre un fauteuil en cuir noir devant la fenêtre.

Lucien prend un verre d'eau sur la table de chevet près de lui.

Je cille et remue pour m'asseoir dans le lit. Cette douleur familière me lance. Ma maladie m'a frappée plus fort qu'avant, et la souffrance est atroce. Qu'est-ce qui m'arrive ? J'ai l'estomac noué : cela ne me rendra pas service que ces loups me voient aussi malade. Ils vont me rejeter tout en bas de la hiérarchie de la meute… trop brisée pour être plus que leur esclave.

Il me tend le verre plein. Nos doigts se frôlent, et je sens une secousse d'énergie dans mon bras. Elle se répand en moi, et me submerge d'une chaleur écrasante. J'en ai le souffle coupé, et je déglutis avec peine, luttant pour repousser cette sensation qui m'attire vers cet Alpha. Tout en lui me fait brûler de désir. Une part de moi a envie de céder, de lui demander de me protéger. Et l'autre part déteste ces pensées, mais mon corps me trahit.

Quand je relève les yeux vers lui, je vois son loup qui s'agite derrière ces yeux gris acier affolants. J'ai envie de m'y plonger, et de m'y perdre.

Je me secoue, j'ai besoin de m'éloigner de ces Alphas.

– Je me sens mieux, mens-je en buvant l'eau glacée, qui chasse la chaleur encore ancrée en moi.

Il me regarde comme s'il scrutait directement mon âme. Je lui rends le verre vide et souris, luttant contre la douleur qui me laisse groggy et épuisée. En temps normal, je serais restée au lit quelques jours le temps que la maladie s'éloigne, mais je n'ai plus ce luxe.

– Tu es malade ? demande-t-il, refusant de changer de sujet – évidemment.

Je secoue la tête.

– Ça fait un moment que je n'ai pas mangé. Je pense que c'était juste à cause de la faim.

Il acquiesce, mais à la façon dont il m'examine, c'est clair qu'il ne me croit pas.

– On a pensé ce que pouvait être ça, alors je t'ai fait une petite injection qui devrait t'aider.

Mon regard se porte par réflexe sur mes bras, et je vois un petit bandage à l'intérieur de mon coude. J'essaie de ne pas trop penser à ce qu'il m'a injecté, parce que je ne veux pas qu'il se rende compte que je panique. Mais je n'ai aucune idée de l'impact que ça aura sur ma maladie.

Il tient une petite serviette, avec laquelle il humidifie mon front. Ses gestes sont empreints de tendresse, tout comme le regard qu'il porte sur moi.

Et pourtant, la panique grimpe le long de ma colonne.

– Il fait un peu chaud ici, dis-je sur le ton de la plaisanterie, mais lui ne sourit pas.

Il cligne des yeux plusieurs fois, et mes pensées vacillent.

– Ne t'inquiète pas. L'injection, ce n'était rien que des vitamines pour t'aider à booster ton système immunitaire.

Est-ce c'est la vérité ?

– Et pourquoi est-ce que je suis dans le lit de Dušan ?

La chambre est chaleureuse et confortable – cela fait bien longtemps que je n'ai pas ressenti ça.

Dormir sur des rondins pleins d'échardes ne remplacera jamais la douceur d'un matelas.

– Il a insisté pour qu'on t'y installe dès qu'il a su que tu t'étais évanouie. (Lucien se lève.) Je vais te chercher quelque chose à manger.

Alors qu'il se tourne pour sortir, je lui demande :

– J'ai dormi combien de temps ?

– Deux jours entiers, à poings fermés.

Je me raidis aussitôt et ris à moitié, parce que j'ai l'habitude de dormir plusieurs jours, mais ce n'est pas normal chez la plupart des gens.

– Visiblement, j'étais épuisée.

– Ouais, ça doit être ça.

Il sort et referme la porte, et le déclic d'un verrou résonne dans la pièce.

Merde ! Je m'écroule de nouveau dans le lit, le corps vrillé de douleur. Roulée en boule, j'enfouis ma tête dans l'oreiller, j'ai envie de pleurer.

Je tremble de peur. C'est pour cette raison que j'ai évité si longtemps d'être capturée. Cette maladie me rend vulnérable, alors combien de temps faudra-t-il à Dušan pour s'en rendre compte, et comprendre que je ne me suis jamais transformée en louve ? Je n'ai jamais été capable d'être complète. Je serai mise à l'écart, et même ces mâles affamés ne voudront pas me toucher. On m'enfermera, parce que quelqu'un comme moi ne devrait pas exister.

Je tire la couverture sur ma poitrine, et ferme les yeux, en priant pour que les douleurs cessent. Ensuite, je trouverai un moyen de sortir d'ici.

Le bon côté des choses, c'est qu'on ne m'a pas envoyée à l'autre meute. C'est peut-être bon signe. J'ignore le rire moqueur qui résonne dans ma tête, et m'accroche aux dernières bribes d'espoir qui me restent.

Lucien

La teinte bronze de ses yeux me fait penser à un feu ardent. Ils m'accompagnent, ils refusent de quitter mon esprit. Tout comme son parfum entêtant, ainsi que l'odeur du sang. Je n'arrive pas à comprendre, mais il est clair qu'elle cache quelque chose. À n'importe quel autre métamorphe, j'aurais déjà arraché les réponses. Mais Meira me fait quelque chose. Ma bête se calme dans ma poitrine, mais elle me rend anxieux.

Avoir des secrets dans ce monde peut vous faire tuer, alors quels sont ceux que garde cette petite louve ?

Je reste debout devant la porte de la chambre qu'elle occupe, comme si je n'avais aucun contrôle sur mes propres actions, parce que mon loup insiste pour que je reste auprès d'elle. Quand elle a touché ma main, j'ai ressenti une violente décharge dans tout le bras, qui s'est répercutée en moi. Elle m'a coupé le souffle… Tout mon corps s'est crispé, et mon loup s'est avancé alors que je serrais les poings. Une réaction automatique, qui me poussait à la protéger, m'a envahi.

Son regard était choqué, je brûlais de me pencher vers elle et la prendre dans mes bras. Et tout ce à quoi j'arrive à penser, c'est à quel point elle est belle, et à ce besoin de goûter à ses lèvres.

Merde ! J'ai la tête en vrac.

Je sens encore sa présence. Maintenant je comprends pourquoi Dušan a exigé de la mettre en sécurité dans sa chambre, parmi tous les endroits possibles. Il ressent la même chose que moi en présence de Meira. Sauf que je n'ai jamais entendu dire qu'un loup pouvait avoir deux âmes sœurs, ou plus.

Je m'éloigne de sa porte, et alors que je m'en

vais, je sens encore cette attirance. Du fin fond de mon être, mon loup pousse en avant, attendant impatiemment la transformation.

Meira.

Il l'appelle, mais je ne peux pas m'autoriser à la désirer. Elle sera envoyée ailleurs, et si ce n'est pas le cas, mon Alpha la prendra en premier et décidera s'il partage.

En tant que Troisième pour l'Alpha des Loups Cendrés, je ne peux pas perdre la tête. Surtout pas quand le Second s'avère être un putain d'abruti. Je suis frustré que Dušan conserve un tel rôle à Mad, alors que ce n'est pas la première fois que la situation dégénère à cause de lui. Le fait qu'il soit son demi-frère n'implique pas forcément qu'il mérite ce poste.

Je serre les poings, je sors, et me faufile entre les maisons jusqu'à la limite de la forteresse, prêt à hurler. J'aspire de l'air frais, essayant de calmer mon pouls emballé.

Ma tête rugit, alors que mon cœur se languit de Meira.

C'est le meilleur moyen de foutre le bordel dans ma tête.

– Lucien ! m'interpelle un homme derrière moi.

Avec un grand soupir, je me retourne pour faire

face à Chase qui me salut d'un signe de tête. C'est un Beta qui gère toutes les festivités, et les courses de meute. Ce n'est pas un grand métamorphe, mais il fait preuve d'un dévouement sans faille à l'égard de la meute.

– Tout est prêt pour ce soir ? demandé-je.

– Oui. Je voulais te montrer où nous avons installé le circuit pour les courses. M'assurer que cela te convient.

On utilise le circuit pour les plus jeunes loups, ceux qui viennent de se transformer et ne sont pas encore prêts à courir avec les Alphas à travers les bois, dans l'enceinte de la colonie.

Il a un cœur d'or, et même s'il a atteint la fin de la vingtaine, il lui manque encore de l'assurance pour prendre ses propres décisions.

– Tu sais quoi ? Je vais te faire confiance.

Il me regarde d'un air inquiet. Je ris, et le gratifie d'une tape sur l'épaule.

– Rappelle-moi combien de fois tu as déjà fait ça ?

– Au moins une dizaine, répond-il.

– Eh bien alors, sous ta seule direction, celui-ci sera le meilleur à ce jour.

Il se redresse et fait un signe de tête. Puis il

s'éclipse. Je me retourne pour contempler la chaîne des Carpates.

Je n'arrive pas à sortir Meira de mes pensées. Jamais je n'aurais pensé qu'une femme puisse m'affecter de telle manière. Après avoir perdu ma partenaire, Cataline, je m'étais brisé en mille morceaux, et m'étais juré de ne jamais retrouver l'amour.

CHAPITRE 8

DUŠAN

Je fixe mon Quatrième.

– C'est peut-être une Oméga, mais elle a quelque chose en plus.

Bardhyl hoche la tête.

– Je n'ai jamais entendu parler d'une louve malade comme ça, à part les Omégas qui souffrent durant leur cycle de chaleurs. Mais elles ne vomissent pas de sang.

Mon corps réagit vraiment à la proximité de celui de Meira, et mon loup veut absolument que nous la revendiquions. Sa présence m'attire avec une énergie irrésistible.

Aucune des autres Omégas que j'ai rencontrées ne montrait les mêmes symptômes que Meira durant ses chaleurs : alitée, le teint terreux, l'air physiquement malade.

– Pourrait-elle être porteuse d'un virus ? Un signe avant-coureur avant de devenir une morte-vivante ? demandé-je, les tripes nouées à l'idée que si c'est le cas, je devrai me débarrasser d'elle.

Bardhyl y songe l'espace d'une seconde. Il vient du Danemark, et ressemble tout à fait à l'idée qu'on se fait de ses ancêtres Vikings, avec ses cheveux blonds tombant aux épaules. C'est un guerrier dans l'âme, et il en a tout l'air, dominant la plupart des autres. Il est féroce, et ne reculera jamais devant une bataille – c'est l'une des raisons pour lesquelles il fait partie de mon équipe.

– J'en doute, répond-il. Si c'était le cas, après le temps que tu as passé auprès d'elle, tu montrerais des signes de maladie toi aussi ; et je n'ai jamais vu une infection de mort-vivant prendre autant de temps pour s'emparer d'un nouvel hôte.

– Je suppose, dis-je. (Nous marchons tous deux à grands pas à l'extérieur de la forteresse, mon esprit essayant de donner un sens à ce à quoi nous sommes confrontés.) Je ne cesse de jouer tous les scénarios possibles dans ma tête. Elle ne peut pas être métisse, ou alors à son âge, elle serait déjà morte. Donc c'est forcément autre chose.

La forêt part de la forteresse et descend jusqu'à

la clôture métallique, où d'autres loups courent dans les bois.

– L'échantillon de sang que Lucien a prélevé à Meira est toujours dans notre labo, explique-t-il. Nous n'avons pas toutes la technologie nécessaire pour procéder à des analyses approfondies, alors ça va prendre un peu de temps.

Un loup noir surgit des bois à l'intérieur de la clôture, suivi de quatre autres. Avec l'extension de notre meute, les métamorphes qui ont besoin de liberté commencent à manquer d'espace.

Bang. Bang.

Je porte mon regard vers la porte principale, et les gardes dans la tour, qui éliminent les morts-vivants en approche.

– Ces derniers temps, ils sont de plus en plus nombreux, remarque Bardhyl. On dirait que quelque chose les attire par ici.

Je lui jette un regard, parce que j'ai eu la même pensée. Depuis des semaines maintenant, les contaminés apparaissent de plus en plus fréquemment aux abords de notre périmètre.

– Est-ce que tu peux te charger d'enquêter là-dessus ?

Il approuve d'un rapide mouvement de tête, et écarte ses épaules.

– Je descends, dit mon Quatrième, avant de se mettre à courir vers le bas de la colline.

Je retourne dans la forteresse pour rendre une nouvelle visite à Meira.

Deux. C'est le nombre de nuits que j'ai passées dans la chambre d'amis, et à chaque fois que j'entre dans ma chambre, Meira dort profondément, alors qu'est-ce qui se passe au juste avec cette diablesse ? J'ai besoin de lui parler, alors elle a plutôt intérêt à être réveillée.

Je ne peux absolument pas l'envoyer à Ander dans cet état, donc j'évite soigneusement de l'appeler jusqu'à ce que je comprenne à quoi j'ai affaire. Je me demande à moitié si je ne devrais pas ravaler ma fierté et promettre une nouvelle femme à Ander. Il l'apprendra de toute façon... Nous lui envoyons une fiche technique complète pour chaque femme que nous lui livrons.

Je rejette l'idée de ne pas tenir parole, parce que c'est contraire à l'usage dans une bonne relation d'affaires. Nous appartenons peut-être à des meutes et des espèces de loups différentes, mais au fond, nous ne sommes pas si dissemblables. Ce qui signifie que mon incapacité à livrer ce que j'ai promis en premier lieu est une atteinte à notre partenariat commercial en pleine croissance. Je ne peux pas me permettre que les Loups du X-Clan nourrissent des doutes sur leur collaboration avec moi. Tous les membres de la meute dont j'ai la charge dépendent de moi pour leur fournir les médicaments et la technologie nécessaires pour mieux nous protéger et chasser notre nourriture.

La lumière du soleil matinal entre par les fenêtres cintrées du château fortifié tandis que je longe ses corridors, et seul l'écho de mes bottes qui martèlent le sol pavé résonne à travers la forteresse.

J'ouvre la porte de ma chambre, entre par pure habitude, puis je m'arrête, culpabilisant d'avoir ainsi fait irruption dans la pièce.

Meira est penchée au-dessus de ma poubelle, dans laquelle elle vomit.

Je traverse la pièce en trois enjambées.

– Meira, est-ce que tu vas bien ?

Elle s'essuie la bouche, et se redresse, croisant mon regard. Elle a les yeux larmoyants, comme si elle avait pleuré.

Elle se raidit et tente de sourire, mais je vois bien qu'elle souffre.

– Je me sens mieux maintenant, admet-elle.

Ma poitrine se serre de la voir à l'agonie. Jamais je ne me le pardonnerai si elle meurt alors qu'elle est sous ma protection. Je tends la main, prends la sienne. Elle est moite.

– Je sais exactement ce qu'il te faut.

– Ah oui, quoi donc ? croasse-t-elle, essayant de son mieux d'agir normalement, mais je ne suis pas dupe de son mensonge.

– Tu verras.

Je l'emmène avec moi, non sans avoir jeté un bref coup d'œil dans la poubelle, où je vois du sang.

Merde ! Elle est réellement malade… sauf que je ne comprends pas *pourquoi*.

– Merci, dit-elle, me distrayant de mes pensées. Je ne dois simplement pas être habituée à vivre à l'intérieur.

Son excuse est presque risible, mais je la laisse récupérer. Elle n'a pas la force de se défendre et si je la pousse, elle va râler. Alors je ne dis rien, et me concentre en priorité sur sa guérison.

Elle marche droit, d'un pas stable, mais ses cheveux sont humides, et collent à sa tête. Ce n'est plus la fille que j'ai trouvée dans les bois, ce n'est plus que l'ombre d'elle-même.

Nous atteignons rapidement les bains, situés au bout d'un couloir au rez-de-chaussée. Nous passons une porte voûtée, et arrivons devant une baignoire encastrée dans le sol, assez grande pour contenir dix métamorphes. De la vapeur s'élève de la surface, et la chaleur nous accueille à notre entrée. L'eau est filtrée régulièrement. Sans les panneaux solaires que j'ai monnayés avec le X-Clan pour produire notre énergie (pour des choses comme maintenir la température du bain, et garder l'eau propre), nous serions toujours à l'âge de pierre.

– Wouah !

Les yeux écarquillés, Meira dégage sa main de la mienne, et s'approche de la baignoire en pierre. À l'arrière se trouvent les saunas et les toilettes, et pour le moment, il n'y a personne d'autre que nous deux.

– Un bain t'aidera à te débarrasser de ton angoisse, lui suggéré-je.

J'espère que ça l'aidera à me faire un peu confiance, et peut-être même à s'ouvrir à moi.

Elle me regarde d'un air plus cordial, comme si elle s'était attendue à ce que je la jette dans un cachot. Même malade et pâle comme la mort, j'ai besoin de la revendiquer, j'en ai mal jusqu'au fond des tripes. Sa présence seule me rend dingue.

– Tu vas me regarder prendre mon bain ?

Elle arque un sourcil. Je ris, parce que je n'ai l'intention d'aller nulle part.

– Les toilettes et la douche sont à l'arrière. Je vais te faire apporter une boisson chaude.

Meira acquiesce, et se retourne vers le bain sans un mot. Il n'y a qu'une issue à la pièce, donc elle ne peut pas s'échapper sans passer devant moi d'abord.

Je sors des bains, et longe le couloir, jusqu'à mettre enfin la main sur un gros garde.

– Va demander à la cuisine d'apporter un plateau de thé à la menthe poivrée, et de tranches de pain frais à Meira aux bains. Et demande aussi à Alyna de lui trouver une robe, et assure-toi que personne n'entre aux bains avant que je n'en sorte, compris ?

– Entendu.

Il s'incline, et part dans le couloir.

Je marche dans la direction opposée, à grandes enjambées. Je suis résolu à découvrir tout ce que je pourrai au sujet de cette métamorphe, et quel est son secret.

Au moment où j'arrive, Meira me tourne le dos, complètement nue, et elle entre dans le bain. Mon regard glisse sur ses épaules, sa taille fine, et son cul aux courbes parfaites, avant qu'elle ne plonge dans l'eau jusqu'au cou.

Cette image me touche directement à la queue. J'avance d'un pas.

– C'est assez chaud ? demandé-je, la gorge soudain serrée.

Elle se retourne brusquement dans l'eau, dans ma direction, les yeux écarquillés. Les contours indistincts de son corps se révèlent sous la surface, ondulant tandis qu'une douce vague passe sur ses seins.

– Qu'est-ce que tu fais là ? hoquète-t-elle.

– C'est un bain communautaire.

Son regard dévie vers la porte puis revient à moi, et elle couvre ses seins de ses bras.

– Alors tu vas juste rester planté là et me regarder ?

– Tu préfères que je te rejoigne ?

– Non !

La réponse fuse d'un coup, et j'éclate de rire devant sa nervosité. Elle ne réalise pas à quel point son innocence m'affecte.

Je traverse la pièce, sous son regard attentif. La salle de bains est une petite pièce comportant deux cabinets de toilette, trois douches, et quelques lavabos. Je trouve ses vêtements en tas par terre, puis je récupère du savon sur le lavabo, et une serviette propre sur l'étagère. De retour dans la pièce, je la trouve dans un coin du bain, l'air peu sûre d'elle. Je pose le savon devant elle, et elle lève vers moi ces yeux bronze pâle spectaculaires. Elle cherche quelque chose en moi, elle attend quelque chose que je ne comprends pas.

– Comment tu te sens ? demandé-je.

– L'eau m'apaise. Je ne me sens plus aussi mal.

– Bien, murmuré-je

Je m'assieds sur un banc de bois installé le long du bain, et je pose la serviette près de moi. J'étire mes jambes, croise mes chevilles, m'incline, et contemple ma diablesse.

– Tu ferais mieux de te laver, sinon je vais grimper là-dedans et te laver moi-même.

– Tu n'oserais pas, siffle-t-elle, sourcils froncés.

Bon sang, ce qu'elle peut être sexy quand elle est en colère. Je hausse un sourcil et me penche en avant, les coudes posés sur mes cuisses.

– Est-ce que c'est un défi ? (Elle me fusille du regard.) Ouais, c'est bien ce que je pensais.

Elle claque la langue, et une expression malicieuse lui traverse le visage. Elle attrape le savon, et le met sous l'eau.

– Alors, parlons, dis-je. Qu'est-ce qui s'est passé ? Est-ce que t'es blessée ? C'est pour ça que tu es malade ?

Elle secoue la tête.

– Non, je ne suis pas malade. J'ai juste du mal à m'acclimater.

C'est pour ça qu'elle a vomi du sang ? D'accord.

Quelqu'un se racle la gorge à l'extérieur, et je hume l'air. Une odeur de bois… le garde. Je saute sur mes pieds et le trouve qui attend devant l'entrée, portant un plateau rempli de nourriture ; une robe bleu nuit pend à son bras. J'en arrache l'étiquette du magasin. Nous faisons souvent des virées dans les anciennes villes humaines pour y trouver des vêtements pour notre meute.

– Merci, dis-je en le libérant.

– Ce sera tout ?

Il a un petit rictus au coin des lèvres. Il imagine probablement que j'ai envie d'être seul avec Meira. Sauf que mes intentions sont purement à visée informative, même si mon loup insiste pour qu'il se passe quelque chose de complètement différent.

J'acquiesce.

– Monte la garde pour que personne ne fasse irruption.

– Entendu.

À pas rapides, je retourne au bain, où Meira commence à sortir. Mais à l'instant où elle me voit, elle replonge. Petite coquine.

– Cela devrait t'aider à calmer ton estomac.

Je pose le plateau près du bord du bain fumant. Puis je vais m'asseoir et pose la robe sur la serviette.

– Donc tu me disais que tu avais du mal à t'acclimater, et c'est pour ça que tu es malade ?

Elle me fixe, puis s'immerge soudain totalement, avant de remonter. Ses cheveux noirs sont lissés en arrière, son visage est radieux, et ses yeux grands ouverts. Son air de maladie pénible a complètement disparu. La femme devant moi est celle que j'ai attrapée dans les bois.

Elle se sert un thé, emporte la tasse avec elle au milieu du bain, et boit tranquillement, sans jamais me quitter du regard.

– Je ne sais vraiment pas quoi te dire. J'ai juste eu quelques jours sans. On en a tous.

– Eh bien, c'est ça le hic, Meira. (J'étudie la façon dont les coins de ses yeux se plissent d'inquiétude.) Les loups ne tombent pas malades. Nous ne fonctionnons pas de cette manière, et la seule maladie à pouvoir impacter notre espèce, c'est le virus transmis par la morsure d'un mort-vivant. Mais toi… (Je croise les bras sur mon torse.) *Toi*, c'est quelque chose d'autre qui te rend malade. C'est quoi ?

Elle porte la tasse à ses lèvres, et prend son temps pour boire avant de la reposer vide au bord du bassin. Puis elle gagne la partie la moins profonde. Ses épaules glissent hors de l'eau tandis qu'elle se met à se frotter avec le savon.

– Il n'y a qu'une seule raison pour qu'un loup soit malade à ce point, lui dis-je.

Son regard revient sur moi, et sa fougue embrase son regard.

– Je ne sais pas quoi te dire. Peut-être que tu y attaches trop d'importance. Mes parents étaient tous deux des loups.

Elle recule encore, jusqu'à ce que l'eau retombe en cascade sur sa taille, exposant ses seins... des globes parfaitement ronds et pleins, où pointent des tétons rouge cerise.

Mes pensées s'évanouissent à cette vue. Enivrante. Baisable. Dangereuse.

Elle est la perfection, et cette beauté me hantera pour l'éternité. Je ne m'attendais pas à ça de sa part. Ces seins parfaits et pleins me rendent dingue.

Je vois clair dans son jeu, mais je ne peux pas empêcher mes pensées de tomber dans le piège. Mon loup pousse, il veut la revendiquer. L'étincelle en moi se réveille, remplissant le vide dans lequel j'ai vécu durant de si longues années. J'ai mis des dizaines de femmes dans mon lit, mais aucune ne m'a touché de cette manière. Aucune n'a excité mon loup jusqu'à un tel état de désir irréfléchi.

Je la regarde, et je veux tout. Chaque caresse, chaque goût, chaque désir. Enfoncer mon membre au fond d'elle, la faire crier de plaisir, qu'elle soit mienne.

Un grondement s'échappe de moi alors qu'elle lève le savon et se lave les bras et la poitrine avec une mousse épaisse.

Je n'arrive pas à détourner le regard. Mon sexe cogne dans mon pantalon, et j'ai le souffle coupé. Je ne m'attendais pas à ce qu'elle soit aussi sournoise. Elle me surprend.

Sa main glisse lentement, et délibérément sur ses seins. Ils remuent à chaque mouvement, et je suis hypnotisé. Ses seins rebondissent, et leurs pointes durcissent sous la couche de savon.

Putain ! Elle m'allume, poussant de petits gémissements qui vont droit à ma queue. Je n'arrive plus à respirer, une excitation sauvage s'empare de moi.

– De quoi est-ce qu'on parlait, déjà ? murmure-t-elle, comme si elle avait oublié.

Elle est sournoise, et manipulatrice. Mais elle y

est obligée pour pouvoir survivre dans ce monde, et j'adore qu'elle tente de détourner mon attention. Mon esprit s'égare avec moi, alors que je m'imagine en train de pousser en elle et de la remplir.

Ses doigts dansent sous ses seins, et sur sa taille fine avant de plonger plus bas sous l'eau. Je serre les poings, enfonçant mes ongles dans mes paumes pour m'empêcher de plonger en avant et de m'emparer de l'objet de mon désir. Ses yeux brillent de malice, et elle les plisse à mon attention. J'essaie de rester immobile, de me retenir, mais ça devient de plus en plus difficile.

– Louve, grogné-je. Tu joues un jeu dangereux.

Elle sourit et m'éclabousse avant de plonger entièrement sous l'eau.

Un grognement s'échappe brusquement de mes lèvres.

Je suis debout avant de pouvoir m'en empêcher, au bord du bain, attiré par elle. J'ai besoin d'elle.

Elle jaillit du bassin, repoussant l'eau de son visage, des bulles de savon courant sur son corps magnifique.

En me voyant si près, elle cligne rapidement des yeux, et se force à reculer dans le bassin. La panique se lit sur son visage, et mon pouls s'emballe à l'idée de la poursuivre.

L'obscurité s'étend dans mon esprit.

Le désir me prend aux tripes. Quel sort m'a-t-elle jeté? Elle me regarde, apeurée… une peur qui tend mes burnes, et elles me font un mal de chien, dans l'attente de se décharger.

Mes muscles se tendent, je la regarde patauger dans le bain et se précipiter pour en sortir. Son regard explore la salle de bain, puis elle repère la serviette sur le banc, non loin d'elle.

Elle se tourne, et je savoure la vue de son corps torride. Le petit rebond de ses seins à chaque pas, son ventre plat, la touffe de poils noirs entre ses jambes.

L'eau ruisselle sur son corps. Je la veux jambes écartées, ouvertes, pour la goûter, la lécher, enfoncer mes dents en elle, et prendre ce qui m'appartient.

Elle bouge vite, mais je suis plus rapide, et je suis à ses côtés en une seconde.

Elle hoquète et recule.

Je pose mes mains sur le mur de pierre dans son dos, l'emprisonnant. Je respire son désir moite, toujours incapable de cerner son odeur. Mais mon loup n'en a cure, il gronde dans ma poitrine. Je baisse les yeux sur son corps nu, le sexe à l'étroit dans mon pantalon. Je gémis de voir la façon dont elle me fixe, il m'est de plus en plus difficile de me retenir.

Elle est spectaculaire.

– Tu me rends fou de désir, grogné-je. Mon loup se languit de toi, mais il y a tellement plus en toi, n'est-ce pas ? (J'essaie de disperser le brouillard dans mon esprit, de réfléchir correctement.) Tout ce à quoi je pense, c'est te faire l'amour jusqu'à ce que tu hurles mon nom.

– T-tu v-veux me marquer ? murmure-t-elle d'une voix tremblante.

Meira

Il recule et se détourne de moi, me laissant à bout de souffle. Ses paroles et ses actes m'affectent plus qu'ils ne le devraient. Aucun homme ne m'a jamais parlé de cette façon. Et pourtant je ne recule pas, au lieu de ça je frissonne de peur... et de *désir*. Ma louve gémit en moi, elle veut donner à Dušan tout ce que nous avons. Sauf qu'il est trop près de la vérité…

Aucun loup ne veut d'une métamorphe impure.

Je mourrai avant de céder à un Alpha, ou à aucun autre homme qui ne voudrait faire de moi que son esclave.

– Habille-toi, m'ordonne-t-il, me tournant le dos.

Mon cœur palpite d'anxiété et mes joues rougissent pendant que j'attrape la robe bleue sur le banc, et l'enfile par la tête. Elle me serre la taille, et moule ma poitrine. Elle a de longues manches fluides, et la jupe danse autour de mes genoux.

– Qu'est-ce que tu veux de moi ? grogné-je. Je n'ai aucune envie d'être ici. Dis-moi comment *tu* te sentirais si on t'arrachait à ta vie et qu'on te forçait à devenir esclave ?

Il pivote rapidement vers moi, les yeux plissés.

– Tu crois que c'est de ça qu'il s'agit ? Être dans une colonie sécurisée, c'est de l'esclavage ? Alors j'ai été idiot de croire que j'étais en train de t'aider.

J'en reste bouche bée.

– Tu prévois de me vendre à une autre meute, en quoi ça m'aide ?

Il respire plus fort, mais je ne reculerai pas

devant cet Alpha. Il me saisit vivement le menton, m'obligeant à lever les yeux sur lui.

– Tu n'as absolument aucune idée de ce que c'est que d'être prisonnière. J'ai grandi avec un père qui était bien plus effrayant que les morts-vivants dehors. Qui baisait toutes les femmes de sa meute, et traitait tout le monde autour de lui comme de la merde. Qui a tué les siens qui ne suivaient pas ses règles. Ce que je t'offre, c'est une vie plus longue, que ce soit dans ma meute ou une autre où je sais qu'ils traitent bien les femmes.

Il déglutit avec difficulté, et me relâche. Un grognement s'échappe de ses lèvres et il se détourne brusquement de moi.

Je titube en arrière, le cœur serré par ses paroles.

– Combien de temps tu pensais pouvoir tenir dehors, toute seule, avec les loups sauvages, une fois qu'ils auraient capté ton odeur ? demande-t-il.

– J'ai bien réussi tout ce temps, lui balancé-je.

– Tu veux savoir ce que je pense ? (Il agrippe mon bras, et m'entraîne vers la porte.) Je crois que tu as peur de vivre dans une meute. Tu as peur parce que tu es une *métisse*.

Mon cœur se met à battre à tout rompre, et je

trébuche à ses côtés, les mots bloqués dans ma gorge.

– C'est pour cette raison que tu es malade. C'est ton côté humain qui est souffrant. (Il me fait pivoter par les épaules, et m'attire contre son torse.) Tu sais ce que ta maladie me dit d'autre ? Tu n'as pas encore fait ta première transformation, n'est-ce pas ? Sinon, tu aurais déjà intégré ton autre corps, et guéri grâce à ton côté loup.

Je déglutis avec difficulté, lève les yeux tandis que mon cœur manque un battement : il a découvert la vérité. Mon père était humain, et il a rencontré ma mère en la sauvant d'un piège à loups dans les bois. Il s'est occupé d'elle jusqu'à ce qu'elle reprenne suffisamment conscience pour se transformer et se guérir elle-même. Maman m'a souvent dit que c'était le début d'une histoire romantique… C'était avant qu'il ne nous abandonne.

Je lève le menton vers Dušan, bien consciente qu'il ne connaît pas encore tout de moi, mais assez pour déclencher des alarmes dans ma tête. Cela veut dire qu'il est assez malin pour prêter attention à tous mes faits et gestes. Et cela veut dire que je vais avoir des ennuis si je reste plus longtemps dans cette colonie. Que fera-t-il quand il découvrira pourquoi les morts-vivants ne m'attaquent pas ? Il n'a aucun moyen de le découvrir, parce qu'il est hors de question que je devienne le rat de laboratoire de quiconque.

— Qu'est-ce que tu vas me faire ? demandé-je.

— Ça dépend de toi.

Il penche la tête sur le côté, et me regarde fixement. Je cille, confuse.

— Tu peux rester telle que tu es, et tomber de plus en plus malade jusqu'à en mourir. Ou je peux t'aider à trouver un moyen de faire sortir ta louve avec un accouplement forcé.

Son regard s'adoucit. Il m'observe comme s'il avait pitié de moi.

Accouplement forcé. L'air s'échappe de mes poumons. Une fois qu'un mâle a marqué une femelle, elle est pour toujours sous son commandement. Sa louve lui obéira, et il la possèdera. Maman m'a dit qu'un mâle pouvait toujours marquer une femelle avec une morsure qui la lie à lui, même s'ils ne sont pas des âmes sœurs. C'est ce que font beaucoup d'Alphas, ils se constituent un harem avec un accouplement forcé. Alors c'est ce que veut Dušan ? Me garder comme son esclave sexuelle ? Je ne peux pas… je ne *veux* pas. Je chéris beaucoup trop ma liberté pour me laisser posséder par quiconque. Je me raidis. S'il me possède, ce sera uniquement mon cadavre.

– Je me débrouillerai toute seule, déclaré-je, relevant le menton, l'esprit en ébullition, et étouffant de panique. Ma louve finira bien par sortir. Je la sens pousser, et je n'ai pas besoin de ton aide.

– Les métis ne survivent pas à leur transformation s'ils sont seuls, explique-t-il, domptant sa fureur. Tu as peut-être besoin d'un peu de temps pour réfléchir à ce qui va arriver. Tu n'as pas à gérer ça toute seule.

Je suis perdue, ses mots ricochent dans mon esprit. Je suis plus que furieuse qu'il insiste, et mes paroles sortent toutes seules :

– Il y a une raison pour laquelle ils ne survivent pas. Ce qu'il y a au fond d'eux, ce sont des monstres, pas de parfaits loups comme toi.

C'est ce que m'ont dit d'autres métamorphes dans d'autres colonies.

Il tend la main pour attraper la mienne.

– Ce n'est pas…

– Non ! crié-je. Je n'ai besoin ni de ta sympathie ni de ta pitié. Je vis depuis des années avec ce que je suis.

J'ai l'impression que les murs se rapprochent de moi. Je ne parviens pas à calmer mes nerfs. J'étudie son visage et je vois des ombres se rassembler dans ses yeux, et il ne dit mot.

Parce qu'il sait que je dis la vérité.

CHAPITRE 9

MEIRA

Je trébuche dans une pièce vide, la porte se referme derrière moi dans un claquement, suivi du cliquetis de la serrure.

– Va te faire foutre, Dušan ! hurlé-je en tournant dans la pièce. (Les pas s'éloignent à l'extérieur.) Enfoiré ! crié-je encore.

Quatre murs blancs, une petite lampe, pas de fenêtre. Mon cœur me martèle la poitrine, et je me noie sous le flot d'émotions. La peur et le malaise m'envahissent.

Il sait. Putain, il sait que je suis métisse. Mi-louve, mi-humaine. Quand ceux de mon espèce ne se transforment pas une fois la puberté atteinte, comme moi, l'animal en nous change, et devient un monstre impitoyable.

De vieux sentiments remontent à la surface, me déchirant le cœur. J'étais heureuse à me cacher, à laisser tout le monde croire que j'étais une Oméga, une Beta, ou quoi que ce soit qu'ils aimaient à se raconter… tout, sauf la vérité.

Je tremble, je déteste la pitié que m'a accordée Dušan quand il a découvert ce que j'étais… je n'ai pas besoin de la sympathie de quiconque, et encore moi celle de cet Alpha.

Mon père humain nous a quittées parce que je n'étais pas assez bien pour lui.

Maintenant, Dušan veut me forcer à m'accoupler parce que ce que je suis n'est pas assez. Cette idée me terrifie. Et si ma louve sortait ? Est-ce que je mourrai ? Est-ce qu'elle tuera tous ceux qui l'approchent ? Et si par miracle je survis, et qu'ensuite d'autres métamorphes la tuent, alors je ne serai plus là non plus.

C'est pour cette raison que je suis restée aussi longtemps dans les bois, toujours seule.

Aucun loup n'acceptera une métisse pour véritable partenaire. Je ne suis rien d'autre qu'une paria, et je suis faible.

Je déteste le monde, et je me hais.

Je suis désespérée, plus que je ne l'ai jamais été depuis bien longtemps.

Je n'ai aucune envie qu'on se serve de moi. C'est suffisamment dur de vivre avec ce que je suis, sans compter que les autres me maltraitent pour ça.

Les larmes ruissellent sur mes joues. Je ne me souviens pas du moment où j'ai commencé à pleurer, mais elles s'écoulent comme les morceaux brisés de mon existence.

Je ferme fort les yeux, et je serre mes bras autour de moi. En esprit, je vois Maman comme je la voyais étant plus jeune, quand nous venions juste d'arriver dans une nouvelle colonie ; ses traits étaient plissés par un furieux froncement de sourcils. J'avais oublié de fermer le loquet du hangar, et les poules s'étaient échappées. Elles étaient sorties de la colonie, et avaient couru dans les bois qui grouillaient de morts-vivants.

Je grave son visage derrière mes paupières. Cela fait tellement longtemps que je n'ai pas rêvé d'elle, ou que je ne l'ai pas revue dans mes pensées. Souvent, je reste allongée dans ma cabane durant des heures, à essayer d'imaginer son visage, de me rappeler de quel côté elle coiffait ses cheveux. Mais ces petits détails s'estompent avec le temps.

Mon cœur vacille comme un mort-vivant. Elle

me manque horriblement. *Elle* aurait su ce que je devais faire maintenant.

J'ai méprisé le monde pendant si longtemps. Alors que devrais-je faire? Pleurer toutes les larmes de mon corps?

Calme-toi, m'intimé-je. Ce n'est pas comme si je pouvais contrôler la façon dont je suis née, mais j'ai le contrôle sur ce que je fais de ma vie.

Avec un peu de chance, je serai chassée de cette colonie, sauf que j'ai appris il y a bien longtemps que me raccrocher à l'espoir que les choses iraient dans mon sens est le meilleur moyen de me faire tuer.

Je regarde la porte, et je sais exactement ce que je dois faire.

M'échapper.

Pour l'instant, ma douleur s'est calmée, alors il est temps d'agir. Je m'essuie les yeux, me redresse, puis lorgne la lampe dans le coin, qui projette sa lumière dans toute la pièce.

J'inspecte la lampe de plus près, puis j'arrache deux des supports métalliques qui tiennent l'ampoule. Ils sont brûlants mais je le sens à peine, tout mon corps submergé par une vague d'adrénaline.

Devant la porte, je me penche, et j'insère les fines tiges métalliques dans la serrure, en les tournant à droite et à gauche. Jaine m'a appris à crocheter les serrures, en disant : « Un jour, ce truc te sauvera la vie. »

Un déclic métallique se fait entendre, et je range en souriant les deux tiges dans ma poche, avant d'ouvrir la porte. Je jette un rapide coup d'œil dehors. Personne en vue.

Je me glisse dehors et cours le long du corridor, me rappelant avoir franchi un passage voûté vers la liberté dans cette direction. Les murs sont nus. Pas une seule peinture ni décoration, ni de tapis pour orner l'endroit. Ce château est froid et n'a rien d'un foyer.

Un frisson remonte le long de ma colonne. Je jette un œil par-dessus mon épaule. Personne ne me suit, alors je cours plus vite.

Le soleil éclabousse le couloir devant moi, et mon cœur bondit. Je gravis les marches en pierre deux par deux et tourne à droite, suivant la lumière, et je déboule dans le passage voûté. Je cligne des yeux le temps qu'ils s'adaptent à la luminosité. Je suis sur un balcon surdimensionné, avec une rambarde en pierres taillées, au moins trois étages au-dessus du sol. Tout en bas, les terres de la forteresse s'étendent sous mes yeux : la cour que nous avons traversée lors de mon arrivée, l'allée, et le portail métallique. La clôture qui entoure ce territoire montre à quel point cette colonie est immense.

Quelque chose s'insinue dans ma poitrine, un sentiment que je n'ai plus ressenti depuis la dernière colonie où j'ai vécu avec Maman. Où tout semblait sûr, et confortable. Jusqu'à ce que cela cesse.

Mais ici, la colonie est gigantesque. Comment Dušan parvient-il à contrôler tous ces loups ? Où trouve-t-il les ressources pour les nourrir et les protéger ? Si l'on s'en tient au nombre des maisons en bas, il doit y avoir deux cents loups qui vivent ici, peut-être même plus. Le pincement dans mon cœur s'intensifie pour la simple raison qu'en toute autre circonstance, cet endroit pourrait être le foyer parfait pour moi. Si l'on oublie le petit détail de mon métissage, qui me place tout en bas de la hiérarchie de ces loups, et fait de moi un monstre à leurs yeux.

Je dois sortir d'ici. Je me retourne et découvre que le balcon sur lequel je me tiens fait le tour du château.

Des voix s'élèvent de l'intérieur du bâtiment, et mon cœur me martèle les oreilles. Sans attendre, je cours vers la gauche, où le balcon disparaît à l'angle du mur.

On va me voir !

Haletante, j'accélère. À chaque fois que je passe devant une fenêtre, je me baisse pour éviter d'être vue. Je ne m'arrête pas, je me dépêche en espérant trouver une façon de descendre qui n'implique pas de devoir retourner à l'intérieur.

Le château est gigantesque, et je suis à bout de souffle quand j'arrive à l'autre bout. Je m'arrête un instant pour reprendre mon souffle, et je repère une volée de marches métalliques un peu plus loin. Un hoquet désespéré s'échappe de mes lèvres.

– Quelqu'un te regarde, siffle un étranger à mon oreille.

Effrayée, je sursaute et fais volte-face, les bras levés devant a poitrine.

– Putain !

– Bouh !

Tout mon corps se raidit à la vue du métamorphe qui se trouve devant moi. Des cheveux blond clair descendent sur ses épaules fortes et larges. Il a la peau pâle, et ses yeux sont d'un vert intense, comme s'il ne faisait qu'un avec la forêt. Tout en lui rappelle un dieu Viking. Bâti comme un ours, il me toise, vêtu d'un jean et d'un t-shirt noir à manches longues. Mes genoux faiblissent, et sa simple présence me laisse sans voix. Si près de lui, ma réaction se transforme en bouffée de chaleur.

Je recule, saisie par la panique.

Il m'attrape par le bras et me tire à lui, mes pieds flottant presque à cause de sa rapidité. Ses yeux s'assombrissent avec l'intensité d'un Alpha, et la sensation de cette puissance me submerge.

Son souffle effleure mon front, et ma respiration se fait haletante face à son odeur nette de loup, mêlée à l'air frais de la montagne. Mon cœur battant la chamade me laisse pantelante.

M'accrochant à mon courage, je m'élève sur le bout des orteils, me penche vers lui et l'embrasse sur les lèvres.

Il tressaille, surpris par mon geste. Je lui balance un vif coup de pied dans le tibia, en même temps que je m'arrache à sa prise.

Il grogne, mais je dévale déjà les marches de métal, mes mains glissant sur la rambarde ; je descends tellement vite que mes pas s'emmêlent sans cesse.

– Ramène ton cul ici ! ordonne-t-il.

Mon cœur s'emballe. Je saute sur le palier.

J'entends un gros choc sourd derrière moi, et le sol tremble.

Je me retourne, et il est juste là, tendant la main pour se saisir de moi.

– Laisse-moi tranquille !

Je lève mon bras pour bloquer le sien, puis je pivote pour échapper à son emprise.

Il se précipite à ma suite, et ses grands bras m'entourent la taille, et me soulèvent du sol. Soudain, je me retrouve à agiter les jambes dans les airs : il m'a calée sous son bras.

Le rouge de la colère me monte aux joues.

– Où est-ce que tu cours ?

Mon esprit s'emballe. Peut-être qu'il n'a-t-il pas réalisé qui je suis, et que je peux ruser pour qu'il me laisse partir.

– Repose-moi. Je suis en train de rentrer chez moi, et tu m'as fait peur.

– Dans quel secteur vis-tu ? grogne-t-il, avec un léger accent nord-européen.

Pour le principe, je soupire fortement.

– Pourquoi tu me poses des questions ? Est-ce que cet endroit n'est pas notre sanctuaire ?

Il ricane.

– Et si tu venais avec moi ? Je vais t'aider, m'oppose-t-il, pince-sans-rire.

Il me repose sur mes pieds, puis son regard oscille entre moi et le chemin qui fait le tour du château, et mène à l'endroit où sont regroupées les maisons. Son expression reste neutre, pendant que mon ventre fourmille de papillons nerveux.

J'ai fait une erreur : ce magnifique Viking sait parfaitement qui je suis. Je le vois dans ses yeux, et au tic nerveux qui agite sa mâchoire quand il me fixe. Il va me ramener à Dušan.

– Comment tu t'appelles ? lancé-je, levant le menton, par pure bravade.

Il se passe une main dans les cheveux, plisse les yeux dans ma direction comme s'il était capable de lire directement dans mes pensées.

– Je m'appelle Bardhyl.

Mon regard se porte automatiquement sur ses puissants biceps, et la façon dont le tissu épouse son torse puissant au moindre mouvement. Mon cœur palpite à cette vue.

Je me secoue – or ma louve est bien là, dans ma poitrine, et m'incite à me rapprocher de lui. Exactement ce dont j'ai besoin ! Tant qu'elle vit en moi, elle est séductrice et pleine de désir, mais comment se comportera-t-elle quand elle sortira ?

Plus je contemple ce métamorphe, plus sa beauté s'impose à moi. Mon corps le réclame à grands cris. Mes yeux aussi. Et ma louve n'est pas en reste. Mais il n'est qu'un autre des sbires de l'Alpha.

Je scrute la profondeur de ses yeux, en quête d'une nuance de compassion. Quand il me tire par la main en direction des maisons, je me mords la joue, réfrénant ma colère.

– Où est-ce que tu m'emmènes ?

J'essaie de prendre ma voix la plus douce, espérant qu'il trouvera au fond de lui le cœur de me relâcher.

Il me gratifie d'un sourire qui me fait fondre sur place. Ses yeux semblent scintiller dans la lumière du soleil. Il est captivant, avec son nez fort et sa mâchoire puissante. Mais il ne dit pas un mot.

Quand nous atteignons la cour bordée de maisons, le soleil tape fort dans nos dos. Autour de nous, des métamorphes discutent, se promènent, vaquent à leur quotidien. Mais la panique s'empare de moi et me broie le cœur.

Je trébuche sur une pierre qui dépasse, et il me rattrape par le bras.

– Je t'en prie, dis-moi où tu m'emmènes. Je veux rentrer chez moi. Mes parents vont me chercher.

Il s'arrête devant moi, tout en force et en

chaleur – il est dangereux. Il hausse un sourcil, se penche plus près, et j'ai le souffle totalement coupé. Je ne devrais pas laisser cette proximité m'atteindre, mais l'image de lui tout entier sur moi m'excite au plus haut point.

– J'adore cette façon que tu as d'essayer de me mentir.

Il ne relâche pas sa prise, et, soudain nous filons sur les pavés.

– Mentir ? Je halète, luttant pour essayer de dégager ma main de sa prise implacable.

Il y a presque quelque chose d'intime dans la façon dont il me regarde, comme s'il pouvait à tout moment me soulever dans ses bras, et m'emmener dans les bois. Je déglutis, pas vraiment opposée à l'idée... Minute ! Mais à quoi je pense ? Non, bien sûr que non, ce n'est pas ce que je veux.

Il tourne, et me traîne à travers la cour ouverte. Je trébuche à sa suite tandis qu'il me fait passer entre deux maisons, tourner à gauche puis à droite ; nous sommes cernés de petites bâtisses en pierres. Des voix et des cris d'enfants nous parviennent de l'intérieur, en même temps que de succulents arômes de cuisine sur le feu.

En quelques secondes, il m'a plaqué le dos

contre la porte d'entrée d'une maison plus modeste, et m'a coincée avec son corps.

– Je suis un homme honnête et je te dois un baiser en retour.

Il a un sourire de pervers avant de m'embrasser doucement, me chauffant fort.

Je devrais le repousser ou lui balancer mon genou dans l'entrejambe. Au lieu de quoi je me perds dans sa tendresse, et il me fait tout oublier.

Mes mains cramponnées à son t-shirt, je m'élève sur la pointe des pieds et j'accueille sa langue dans ma bouche. Mon Dieu, la sensation est incroyable, il a un goût délicieux, si masculin. Mon esprit me hurle que c'est mal, m'intime de repousser cet étranger, mais ma louve encourage mon corps à le goûter.

Je gémis contre lui, tout mon corps se tend. Ses lèvres glissent sur ma joue, et dans mon cou, juste en dessous de mon oreille. Sa langue titille la chair tendre. Je frissonne sous ses caresses. Des images salaces emplissent mon esprit, sur les sensations que pourrait produire sa bouche si elle parcourait tout mon corps.

– Je suis vraiment désolé de devoir m'arrêter, chuchote-t-il.

La porte s'ouvre soudain dans mon dos, et je

tombe en arrière, dans une pièce sombre. Je crie, tendant la main vers lui, mais j'atterris sur le cul alors qu'il se tient sur le seuil de la porte, tout sourire. Il attrape le battant et le claque ; il est parti.

– Mais qu'est-ce… ?

Peu après, un faible relent de parfum floral me chatouille le nez.

Je me fige.

Je ne suis pas seule ici.

CHAPITRE 10

DUŠAN

Meira est métisse. *Merde !* Je ne peux plus l'envoyer à Ander maintenant, et je réalise qu'essayer de tenir parole était une foutue perte de temps. Il ne l'acceptera jamais… peu le feraient. Elle représente un handicap, si jamais sa louve décidait de sortir. Elle déchirera son corps et la tuera, mais la bête qui restera sera une brute sauvage, qui tuera tout le monde sur son passage.

C'est pour cette raison que les autres meutes éliminent les métisses qui n'ont pas fait leur première transformation à la puberté.

Mon loup gronde dans ma poitrine, il pousse, se languit de Meira. Et je n'ai pas voulu voir la vérité me revenir en pleine tête, pas voulu admettre que le destin avait finalement décidé de me jouer un sale tour.

Sa louve s'est liée à mon loup. C'est le prélude à un accouplement pour la vie. Maintenant, le désir s'est emparé de moi, je le sens dans mes os, dans la manière qu'a mon loup de ronronner en sa présence, dont mon corps s'éveille à la seule pensée d'elle. Dans la salle de bain, j'ai réussi de justesse à m'empêcher de la revendiquer. J'avais espéré que ce n'était rien de plus que de la convoitise, parce que le désir qui monte en moi la rendra bientôt insatiable à mon égard. Mais elle représente un grave danger pour ma meute. Je dois m'assurer qu'elle est toujours avec un Alpha quand elle n'est pas enfermée dans sa chambre.

Je me passe une main sur le visage. De toute façon, comment ça pourrait marcher ? Un Alpha avec une faible métisse, une bombe à retardement qui n'attend que d'exploser ? J'ai promis la sécurité à ma meute. Alors pour quelle raison le destin me rapproche-t-il de Meira de cette manière ?

Je marche de long en large dans mon bureau, et la fureur m'embrase.

« Tu n'arriveras jamais à rien. Personne ne s'accouplera jamais avec toi. » Les mots de mon père me reviennent en tête. Et avec eux, la rage, alors je serre les poings. Je me suis promis de changer les choses pour ma meute, de ne pas leur devenir un fardeau, comme mon père l'a été pour la sienne.

Les souvenirs m'envahissent, sans me laisser une chance de les écarter.

— Non ! hurlé-je en me jetant sur mon père, qui lève de nouveau la main sur ma mère.

Elle gît au sol, elle saigne, elle est blessée, elle manque d'air. Elle tourne les yeux vers moi, et articule « cours ».

La voir souffrir l'excite. Je le vois dans ses yeux sombres.

— Je t'avais prévenu.

Je me jette sur le monstre qui me sert de père, un métamorphe costaud, mais malgré tout, mon corps tout fin de garçon de dix ans le fait chuter de côté. La fureur s'empare de moi, et je lui balance tout ce que j'ai : des coups de poing, de pied, de dents. Ma rage atteint un point de non-retour.

Il balance une main derrière moi, m'attrape par le

cou, et me jette à travers la pièce, comme si je ne pesais rien. J'atterris contre le mur et je glisse, le souffle coupé. J'essuie des larmes vaines...

— C'est de ta faute, grogne-t-il, fusillant ma mère du regard. Tu l'as rendu faible, et inutile.

Il lève de nouveau la main, refermée en poing, et se penche sur ma mère.

— Ne la touche pas ! crié-je en me remettant debout, mais c'est trop tard.

Il est trop tard pour tout.

À cet instant, mon monde s'effondre, le sol se dérobe sous mes pieds, et je sais que plus rien ne sera jamais pareil.

Les coups s'abattent sur elle, et ne s'arrêtent pas. Les coups sourds deviennent bientôt des bruits humides.

La pièce vacille sous moi. Mes entrailles se révoltent, et je sors de la pièce en expulsant le contenu de mon estomac.

Même encore aujourd'hui, je ressens ce vide en moi, et mes muscles sont tendus à craquer. J'ai la gorge serrée à l'évocation de ce souvenir que j'ai tant cherché à enfouir. Repousser les images du sang qui coule sur le sol dallé. Ce n'est pas de cette façon dont je veux me souvenir de ma mère, en sang, recroquevillée par terre. Je veux me souvenir de la femme attentionnée qui m'aimait, qui m'a caché, qui m'a protégé.

Aussi brisée que soit Meira, aussi imprévisible que soit sa louve, je ne peux pas la repousser.

Qu'elle l'accepte ou non, elle a des problèmes, et je l'aiderai.

J'essaie de m'éclaircir les idées, et de trouver quoi faire ensuite. Pour repousser ce sentiment de vide.

C'est pour cette raison que j'ai accepté le rôle d'Alpha. À présent les métamorphes se tournent vers moi quand ils ont un problème, qu'ils ont besoin d'aide.

Quelque part dans les bois au-dehors, un hurlement retentit. La course des loups a lieu ce soir : c'est la pleine lune, quand nous ressentons tous notre aspect le plus sauvage. Quand même mes règles ne parviennent pas à calmer les loups de la meute. C'est une nuit d'insouciance, de libération, l'occasion de ne faire qu'un avec notre vraie nature.

Et c'est le moment idéal pour voir à quel point sa louve la contrôle.

Je n'arrive pas à chasser l'image du sang dans la

poubelle, quand elle était malade. Il y en avait tellement ! N'importe quel humain avec cette maladie n'aurait plus longtemps à vivre. Je suppose que c'est son côté louve qui la maintient en vie, mais pour combien de temps encore ?

Bardhyl apparaît à la porte de mon bureau. Je me racle la gorge en relevant la tête.

– Tout s'est bien passé ?

Il acquiesce.

– T'as raison. La fille est fougueuse.

Une flamme brille dans les yeux de mon Quatrième quand il parle de Meira. C'est l'effet qu'elle produit sur ceux qu'elle rencontre.

– Ouais. Essaie donc de la traîner dans les bois jusqu'à notre colonie, comme je l'ai fait. (Je secoue la tête en l'entendant rire.) En tout cas, maintenant on doit lui trouver une remplaçante à envoyer à l'Alpha des X-Clan. Demain à la première heure, emmène un petit groupe de chasseur dans les bois, et trouvez une autre fille.

Toutes les filles que nous avions sous la main ont soit trouvé leur partenaire parmi les Loups Cendrés, soit sont parties pour une autre meute en Europe.

– D'accord.

Il marque une courte pause, il a l'air sur le point de me demander quelque chose.

– Qu'y a-t-il ?

– Qu'est-ce que tu vas faire de Meira ?

L'inquiétude transparaît dans ses mots. Ses yeux se ferment, et il respire fort.

– Je vais trouver un moyen de la sauver. Sinon, elle ne pourra pas rester ici.

La peur me noue le ventre. Je baisse les yeux, et fixe l'écran de l'intercom, sachant pertinemment que je dois contacter Ander pour le tenir au courant, mais l'idée de me séparer de Meira me rend physiquement malade. Le monde était censé se mettre en place le jour où je rencontrerai ma partenaire… Sauf que, depuis que je l'ai trouvée, c'est un putain de bordel.

– Tu as dit qu'elle avait vomi beaucoup de sang, c'est ça ? demande Bardhyl. Ce qui veut dire que plus elle est malade, plus elle s'affaiblit. Elle sera incapable d'empêcher la bête de sortir finalement.

Bien sûr, il a foutrement raison.

– Alors on n'a pas beaucoup de temps. Ce soir, c'est la pleine lune. C'est le moment où je dois commencer.

Bardhyl acquiesce. Sur un signe de tête, il quitte

le bureau. Ce soir, il est beaucoup plus silencieux que d'habitude, mais j'écarte cette pensée.

Je suis seul, et je ne peux pas m'empêcher de penser à Meira. À la façon dont elle m'a affecté dès le début, et à toutes ces choses que j'ai envie de lui faire. Mon loup exige que je la revendique avant qu'il ne soit trop tard, mais ce n'est pas si simple maintenant. La panique m'envahit à la pensée que je puisse la perdre avant d'avoir cette chance, et tourne rapidement à la colère à l'idée qu'elle soit métisse.

J'ai eu mon content de femmes. Suffisamment pour ne pas me souvenir du nombre exact. Elles s'empressent de rejoindre mon lit, et je les comble, encore et encore. Mais je n'ai jamais trouvé ce sommet que je recherche, cette sensation qui allumerait le feu en moi, et m'attirerait en elles, qui réveillerait mon loup.

Cette diablesse me fait cet effet-là, et tout mon corps frémit en sa présence. Je sens encore son parfum sucré après le bain, cette excitation qui m'a tendu les burnes. Je le sens dans mes veines, de la tête aux pieds, en passant par le bout de ma queue.

Je sais que je ne suis pas le seul sur qui agit le charme de Meira.

Meira

– Approche-toi. N'aie pas peur, m'appelle une voix féminine au fond de la pièce obscure.

Je me raidis, et je cligne des yeux pour qu'ils s'accommodent à la pénombre.

– Qui êtes-vous ?

La lueur d'une bougie jaillit à l'autre bout de la pièce, révélant les traits d'une femme d'une quarantaine d'années, assise dans un rocking-chair, une couverture sur les genoux, les yeux cernés, épuisés.

– Je suis Kinley. Viens me rejoindre.

Elle désigne de la tête la chaise face à elle. Près d'elle, sur la table, se trouve une collection de livres, une théière, et une seule tasse. À en juger par l'air endormi qui s'attarde sur son visage, elle devait être en train de faire la sieste.

– Je suis désolée, dis-je en reculant vers la porte. Je crois qu'il y a une erreur. Je vais vous laisser dormir.

J'abaisse la poignée de la porte pour partir, mais elle est verrouillée.

– Meira, ce n'est pas une erreur.

Je me fige, et jette un œil dans le petit salon. Un rideau obstrue la fenêtre, la cheminée est éteinte, et le mobilier est simple. La pièce sent le renfermé.

– Tu vis avec la mort, ma fille, murmure-t-elle. Tu aurais aimé naître différente. Tu crois que si tu pouvais juste tenir le loup à distance, tout irait bien, n'est-ce pas ?

– Qu'est-ce que vous en savez ? chuchoté-je doucement, ne sachant pas trop si j'ai envie d'entendre la réponse.

Elle regarde à nouveau la chaise vide en face d'elle, et à contrecœur, je traverse la pièce, et prends place.

– Je sais que si tu continues à ignorer l'inévitable, il sera trop tard pour te sauver.

Je sens quelque chose se contracter dans mon plexus solaire ; elle est bien trop proche de la vérité pour que je n'en sois pas gênée. Toute ma vie, j'ai vécu dans la peur parce que ma louve ne s'est pas montrée, et la crainte de perdre tout contrôle le moment venu. J'ai accepté il y a bien longtemps que je me porte bien mieux sans elle.

– Jusqu'à présent, ça a marché, réponds-je.

– Et pour l'avenir, tu prévois quoi ? Continuer à

courir ? Ta louve ne restera pas à l'écart éternellement.

J'étudie cette femme aux courts cheveux blonds, qui porte une chemise blanche avec des froufrous autour du col. Elle est belle, et parle d'une voix gentille, mais son manque de précision me frustre.

– Kinley, je ne sais pas vraiment ce que vous voulez que je dise ou fasse. Ni pourquoi je suis ici. Je ne vous connais même pas.

Ses yeux gris scintillent dans la lueur de la bougie.

– Ma mère était humaine, et elle est morte en me mettant au monde. Mon père a été tué, et infecté le jour de mon quinzième anniversaire. Toute ma vie n'a été que survie, tout comme les vies de chacun des Loups Cendrés là dehors. Tout comme toi. Et pour être franche, c'est Dušan qui m'a demandé de te parler.

Elle l'admet presque à contrecœur, comme si elle n'était pas vraiment à l'aise avec cette idée non plus.

– Merci de me le dire.

– Va te chercher une tasse dans la cuisine.

Elle pointe du menton l'autre côté de la pièce. Il

y a un plateau avec des galettes fraîchement cuites, et de la venaison.

– Amène le reste aussi. Tu as l'air affamée.

Kinley parle avec gentillesse, elle a quelque chose de presque réconfortant. Elle me fait penser à ma mère, et une douce chaleur envahit ma poitrine. Je traverse la pièce obscure et suis rapidement de retour avec ce qu'elle m'a demandé.

Elle me sert du thé, et l'odeur d'agrumes envahit mes narines. Je prends une galette de la taille de ma main, et la coupe en petits morceaux que je fourre dans ma bouche. La faim me fait saliver, et j'en avale trois en un temps record.

Kinley me regarde en buvant son thé.

– C'est ma voisine qui les prépare pour moi. Elle a quatre-vingt-dix ans, et elle fait toujours des merveilles en cuisine.

Je fais descendre la nourriture avec le thé aux agrumes, puis repose ma tasse sur la table.

– Parlez-moi de Dušan.

– Son père était un dirigeant impitoyable, mais, après sa mort, Dušan a pris la relève et tout a changé dans cette meute. *Tout,* y compris les règles qui régissent la meute, le déménagement dans celle colonie, mais surtout la protection des femmes. Il tuera toute personne qui fera du mal à une femme.

On dirait qu'elle parle en connaissance de cause, comme si elle l'avait vécu elle-même.

– Pourquoi ?

– Le vieil Alpha était violent, surtout avec sa partenaire et ses enfants. (Elle détourne le regard un moment, puis s'éclaircit la gorge. Je lis de la peine sur son visage.) Mais aujourd'hui, pour rien au monde je ne voudrais vivre ailleurs. Pas après ce qui m'est arrivé.

Elle enlève une à une les couvertures qui recouvrent ses jambes. Mon regard suit le mouvement, et en dessous, elle porte un pantalon gris qui couvre lâchement des jambes émaciées. Mon estomac se contracte à cette vue, elles sont si osseuses.

J'ai envie de détourner le regard, mais je n'y arrive pas. La moitié supérieure de son corps a l'air normale, mais on dirait que la moitié inférieure est ratatinée.

– Je suis paralysée à partir de la taille, me dit-elle. C'est arrivé quand j'avais vingt ans, et que j'ai subi ma première transformation.

Je cille en l'entendant.

– Vous avez survécu ?

– Oui.

Ses yeux s'illuminent. Je suis complètement

abasourdie par sa révélation.

— Alors, même maintenant, est-ce que vous pouvez vous transformer en votre louve ?

Elle affiche un large sourire.

— Bien sûr. Mes jambes ne fonctionneront plus jamais, sous quelque forme que ce soit, mais je suis en vie.

Ma gorge se serre. Je m'agite sur mon siège, et un malaise m'envahit. La regarder me brise le cœur.

Est-ce là mon destin ? Je ne veux pas passer le restant de mes jours enfermée dans une maison. J'ai toujours été en fuite, et j'ai vécu dans la nature. Être seule, et incapable de marcher ou courir me tuerait.

— Je sais ce que tu es en train de penser, murmure-t-elle. Mais ma transformation s'est produite quand un loup sauvage m'a attaquée. C'est l'énergie de mon âme sœur, un loup du Territoire des Ombres, qui m'a sauvée de la mort quand ma bête est sortie de moi ce jour-là. Le loup sauvage m'a blessée au niveau des nerfs, et m'a condamnée à ce fauteuil.

Mes mains tremblent le long de mon corps.

— Mais je n'ai jamais entendu parler de métisses

qui avaient survécu à leur transformation après la puberté.

– Je suis la preuve vivante que c'est possible, si tu veux bien y croire.

J'ai la bouche sèche mais ses mots apaisent ma louve, et, pour la première fois de ma vie, j'ai l'impression qu'après tout, il y a peut-être de l'espoir pour moi.

– Je t'en prie, ne m'enferme pas là-dedans !

Je plaide ma cause auprès de Bardhyl, en train de pousser la porte d'une pièce du château qu'il semble avoir choisie au hasard. Une fois le partenaire de Kinley rentré chez lui, Bardhyl m'a récupérée, et m'a ramenée au château, sans prononcer un mot.

– Ne me force pas à te porter à l'intérieur. C'est pour ta propre sécurité.

Il emploie un ton qui me fait peur. J'entre dans la pièce vide. Pas de meubles, rien qu'une cheminée allumée.

Il referme la porte et la verrouille.

Je plonge la main dans ma poche, et en sors les

deux tiges métalliques de la pièce précédente, et je m'avance vers la porte. Ce palais a de vieilles serrures, ridiculement faciles à crocheter. J'attends un peu pour m'assurer que Bardhyl est parti.

J'ai passé des heures avec Kinley, à écouter narrer sa vie solitaire avant sa transformation. Les similitudes entre nos deux histoires sont étonnantes. À la fin, j'avais décidé que je l'aimais vraiment bien. Mais je n'ai pas non plus envie d'être enfermée dans une pièce en attendant que Dušan vienne et me marquer. J'ai rencontré trois Alphas qui se sont liés à ma louve, et je veux en savoir plus.

Kinley a suggéré que je passe plus de temps à faire mieux connaissance avec mes partenaires potentiels, afin que la transition soit plus facile. Et ce soir, je veux rendre visite à Lucien, et parler avec lui, voir s'il y a un moyen d'éviter l'accouplement avec Dušan. Je le déteste de m'avoir kidnappée, et je le hais encore plus à cause des réactions de mon corps et de ma louve, qui me trahissent en sa présence. Ils se languissent de lui. Si j'avais les idées claires, je ne rêverais pas de l'embrasser. Il vaut mieux que nous nous tenions à distance. Lucien me semble le plus abordable des Alphas que j'ai rencontrés jusqu'ici.

J'insère les deux tiges métalliques dans le trou de la serrure, je les tourne et les manipule jusqu'à entendre le déclic familier.

Rapidement, je me glisse hors de la pièce, et me précipite dans le couloir. C'est la pleine lune ce soir. Je le sens sur ma peau, et la louve en moi est plus agitée qu'à l'ordinaire.

Un loup hurle dans le lointain.

Sans m'arrêter, je traverse différents couloirs, je monte des escaliers, et je recommence. Au moment où je me retrouve devant une étroite porte voûtée qui donne dans les bois derrière la forteresse, j'oublie aussitôt Lucien. J'ai trouvé un moyen de sortir du château, et peut-être qu'à la faveur de la nuit, je peux trouver un moyen de franchir la clôture d'enceinte.

Je n'arrive toujours pas à accepter l'idée qu'un Alpha me marque et me possède.

Je me glisse donc au-dehors, dans la nuit. Au-dessus de moi, la lune gigantesque, bas sur l'horizon, illumine les montagnes d'une lueur argentée.

À pas rapides, je m'éloigne de la partie principale de la forteresse, et me précipite dans la forêt à l'intérieur de l'enceinte.

Des brindilles craquent, et je me retourne – il n'y a personne en vue. Mais plus j'avance, plus j'entends de grognements, et les bruissements dans les feuillages se rapprochent. Je me plaque dos contre un arbre, le cœur battant à tout rompre. Des ombres filent autour de moi. C'est peut-être une erreur… je devrais attendre le petit matin pour sortir et trouver un moyen de m'échapper.

Une silhouette traîne non loin, hors de ma vue, mais qui que ce soit, ils ne vont pas me laisser tranquille.

Je scrute les arbres derrière moi à la recherche d'une échappatoire.

Je n'en trouve pas, et le danger est là, dans l'obscurité, je le sens sur ma peau. De plus, je sais que l'homme est toujours là. À présent je sens son odeur… son désir. Mes bottes raclent le sol mou de la forêt tandis que je recule davantage. Un hurlement fend l'air au loin. Il est grave, et douloureux, et me transperce comme la lame d'un couteau.

C'est un hurlement de désespoir… L'appel d'une bête à une autre.

C'est ce qui est au fond de moi, une bête qui refuse de sortir. Je déglutis, avec l'impression d'avaler de l'acide, et j'entends de nouveau des brindilles craquer quelque part sur ma droite.

Les ombres bougent. Je les sens plus que je ne

les vois, comme je ressens tout autour de moi à présent.

Comme la lune…

Son éclat argenté vibre dans l'air, et m'envoie des frissons sur la peau. Mon cœur bat en réponse, et les tremblements s'impriment dans mon corps.

Un autre son fend l'air, qui cette fois vient de derrière moi :

– Ils viennent pour toi.

Je tressaille à ses mots, et promène mon regard sous le ténébreux couvert des arbres. Dušan sort de l'ombre, marchant d'un pas décidé, s'arrête sous le clair de lune.

Ses doux yeux bleus ont l'air presque argentés dans la nuit. Ils me piègent, me clouent sur place tandis qu'il s'approche. Ses longs cheveux sombres dansent dans l'air à chacun de ses pas, et j'ai le souffle court.

– Je te l'avais dit, murmuré-je, la voix cassée. Je ne veux rien avoir à faire avec tout ça.

– Pourtant ça ne les arrêtera pas. Pourquoi as-tu quitté ta chambre ?

Il tourne autour de moi, comme au ralenti. La peur que je ressentais n'est rien en comparaison du désir complètement délirant que je ressens pour cet Alpha.

C'est comme ça entre nous. Répulsion. Attirance. On se tourne autour une minute, avant de se rejeter la suivante. Des pensées envahissent mon esprit, des pensées paniquées, emplies de l'image de nous.

– Les autres loups, ils ne vont pas arrêter de venir te chercher cette nuit. Ils ne pourront pas faire autrement. D'une façon ou d'une autre, il faut que ta louve sorte. Tu dois être marquée, Meira. Pour ta propre sécurité. Maintenant qu'ils connaissent ton odeur…

– Et ton désir, pas vrai ? réponds-je dans un murmure.

Le coin de son œil se contracte légèrement, une réaction nerveuse. Il baisse les yeux sur moi, observe mon corps alors que je recule, la main tendue devant moi.

– Je mentirais si je disais que je ne suis pas au moins un peu intrigué, dit-il.

Intrigué ? J'éclate de rire.

– Joli choix de mots. Mais qu'est-ce qui me dit que tu n'es pas exactement comme eux ?

J'incline la tête en direction de l'appel perçant qui ondule dans le vent.

Mon corps palpite puissamment, telles des pattes martelant le sol. Ce soir, les loups sauvages se déchaînent, comme Dušan l'a dit… et ils sont à mes trousses. Leur faim. Leur désir. L'excitation se mêle à la terreur, et c'est un cocktail dangereux.

– Moi je ne suis pas sûre que tu ne sois pas comme eux. (J'ai la voix qui tremble, en manque, prête à tout.) Je n'en suis absolument pas certaine. Je ne te connais pas et je ne connais rien à tout ça.

Cours. L'instinct rugit en moi. Saisir ma chance. Je suis rapide et agile, je suis capable de détaler parmi les rochers, et de grimper la montagne plus vite que quelqu'un comme l'imposant Alpha devant moi.

Si je parviens à m'échapper de la colonie ce soir, je peux trouver une crevasse dans les montagnes alentour, et m'y glisser. J'attendrai le matin, j'attendrai jusqu'à ce qu'ils abandonnent finalement la traque… Et je pourrai retourner à la maison.

Maison.

Le mot résonne dans le vide. Où est ma maison ?

Dušan jette un coup d'œil à droite, lèvres retroussées, et un grognement sauvage s'échappe de sa bouche.

– Décide-toi, Meira, et décide-toi vite. Ils arrivent.

La panique m'envahit quand un grognement surgit entre les arbres. Dušan lève ses mains et de longues griffes noires surgissent au bout de ses doigts. Il tourne la tête, et me regarde, debout là, pétrifiée, quand une autre forme floue se précipite sur nous à travers les arbres.

Un instant passe entre nous, partagé entre désespoir et devoir, avant qu'il se détourne de moi en marmonnant :

– Merde.

Il s'élance, charge tête baissée dans les ténèbres de la forêt. Le lourd martèlement de ses pas résonne comme un tambour paniqué dans ma tête. Des branches craquent, se mêlant à un rugissement guttural.

Un choc sourd résonne quelques secondes plus tard. Des grondements sauvages, primaires, emplissent la nuit. Mon ventre se serre quand un hurlement me parvient à travers les buissons devant moi.

Je n'ai pas le choix. Je fais la seule chose en mon pouvoir : je fais volte-face, et je cours.

Nouveau hurlement terrifiant vers où Dušan a disparu. Ma gorge se contracte. Est-ce lui ? Le tonnerre dans ma tête s'amplifie, grondant crescendo alors que les images prennent vie.

Dušan blessé, gisant là, saignant et brisé, juste parce qu'il me veut pour lui.

Je secoue la tête, des larmes me brouillent la vue. J'inspecte la ligne des arbres, et trouve un sentier qui trace un chemin marqué jusqu'à la partie de la montagne située dans l'enceinte de métal. J'ai les genoux qui tremblent et se bloquent, tandis que j'avance en titubant. Je prie pour que mes jambes tiennent le coup, et me presse, laissant l'Alpha et la meute derrière moi.

La culpabilité me ronge. Je ralentis en atteignant les buissons, et fais demi-tour. Les bruits impitoyables de la lutte me rendent malade. Des poings et des griffes qui écorchent la chair, jusqu'à ce qu'un terrible cri perçant emplisse la nuit… puis vient le silence.

Un grand silence.

La chaleur s'évacue de mes joues pendant que je regarde à travers les arbres. Je suis seule maintenant, seule avec mon désespoir, et le peu de courage qui me reste.

Les yeux bleu pâle de Dušan me hantent tandis que je reprends ma progression, mes bottes retrouvant d'elles-mêmes le sentier creusé entre les arbres. Deux autres loups sont à ma recherche, ils fouillent la forêt tout autour de moi. Leur odeur de mâle est si âcre, c'est comme un chiffon enfoncé dans ma gorge. Une senteur si familière.

Je plante mes pieds dans le sol, et cours aussi vite que je peux. Mes ongles s'enfoncent dans la chair de ma paume. Quelque chose émerge des ténèbres infernales.

– Où crois-tu aller, femelle ?

L'avertissement est comme un frisson glacé dans mes veines. Ses longs cheveux blonds brillent sous la lune quand il s'approche. Je ne l'ai jamais vu avant, et je ne le trouve absolument pas beau. Je dérape et m'arrête, le cœur battant trop fort, j'arrive à peine à réfléchir.

– Laisse-moi tranquille, l'avertis-je, la voix enrouée, tremblante.

– Je ne peux pas faire ça.

Il respire à grandes goulées, et se glisse près de moi, comme Dušan l'avait fait.

Mais contrairement à l'imposant Alpha aux cheveux noir de jais, celui-ci continue d'avancer, allongeant ses pas. Ses crocs blancs luisent dans la nuit.

– Maintenant, je peux te dire que je serai doux. (Il lève la tête vers les arbres alentour.) Mais les autres seront là sous peu… et j'ai besoin d'avoir ma dose de toi.

Je secoue la tête, et me mets à trembler.

– Bon sang, j'aime l'odeur de ta peur, grogne le mâle d'un ton sauvage, méchant. Ne t'inquiète pas. Bientôt tu porteras ma marque.

Il agrippe le devant de son t-shirt. D'un coup sec, e tissu se déchire, arraché de son torse, puis il jette au sol le vêtement en lambeaux.

Ses muscles roulent dans la nuit. Toute cette puissance, toute cette concupiscence. Ses yeux sombres luisent comme de l'acier dans l'obscurité. La panique me submerge, contractant mes entrailles.

– Non, murmuré-je. *Je t'en prie.* Non.

Il fond sur moi en une fraction de seconde, plongeant pour réduire la distance, le temps d'un battement de cœur paniqué. Une main se referme autour de mon bras, l'autre sur ma poitrine. Il me regarde.

– Je serai doux, *la prochaine fois,* je te le promets.

Ses griffes transpercent le tissu de ma robe. J'entends le bruit du vêtement qui se déchire quand un long grognement d'avertissement, sans équivoque, survient dans mon dos.

– Ôte tes sales pattes d'elle.

Je me raidis au son de cette voix. L'espoir surgit dans ma poitrine, un gémissement s'échappe de mes lèvres. Dušan approche, et l'odeur du sang et du pouvoir me submerge.

– Vin, je ne te le demanderai pas deux fois.

– Elle n'est pas marquée. (Le mâle se tourne vers moi pour me transpercer de son regard menaçant.) Pas encore.

La piqûre de ses griffes s'enfonce plus profond tandis qu'il presse mon sein. C'est ça, être marquée ? Est-ce que maintenant je suis la propriété de ce sauvage ? La terreur s'insinue plus loin en moi.

– Je t'en prie, non. Pas toi. Pas comme ça.

Vin reporte son regard sur le mien, retroussant les lèvres.

– Tu ne veux pas de moi, femelle ?

– Non, elle ne veut pas de toi, répond Dušan à ma place. Maintenant, retire tes griffes avant que je m'en charge pour toi… avec tes propres putains de dents.

Le loup grimace et de la peur apparaît dans son regard. Dušan dégage une odeur sauvage, le remugle épais, écœurant, du sang qui se répand dans l'air.

Ce n'est pas son sang.

Pas le sien.

Je suis soulagée, et Vin écarte les doigts et baisse la main.

– Maintenant, laisse-la partir.

Un grognement bas, irrité, s'échappe des lèvres de l'homme avant qu'il ne s'exécute.

– Meira, murmure Dušan.

Un lien se tisse aussitôt entre nous.

– Dépêche-toi, murmure-t-il encore. Va plus loin dans la montagne à l'intérieur de la colonie, je te trouverai.

Ce lien entre nous s'éveille à la vie. Quelque chose s'écrase dans les buissons derrière nous. Je déglutis avec peine, hoche la tête, et fais un pas de côté, ne détournant mon regard du sien qu'au dernier instant avant de m'élancer.

Je cours dans la nuit, bondissant par-dessus des troncs tombés, autour de ronces épaisses et épineuses. Les épines s'accrochent à ma robe, me griffent en profondeur. J'ignore la douleur et continue de courir, grimpant à l'aveuglette, poussant toujours plus loin, sachant que la clôture métallique doit être tout près.

La montagne se dresse au-dessus, géant mono-lithique menaçant, et dangereux. Le souffle haché, je jette un œil par-dessus mon épaule.

Je ne les entends plus. Je ne sens plus Dušan.

Mains tremblantes, je grimpe plus avant, concentrée sur mes mouvements : lever un pied sur le sol escarpé, pousser mon corps de plus en plus haut, jusqu'à devoir m'arrêter pour reprendre mon souffle. J'agrippe une prise dans la roche, et baisse la tête vers la vallée.

En dessous de moi, les arbres s'étendent au loin comme une couverture. Je suis haut… *vraiment* haut.

« *Ôte tes sales pattes d'elle* ». Les mots de Dušan résonnent dans ma tête. Je me redresse et reporte mon attention sur l'escalade.

Il a blessé et mutilé les autres pour moi.

Tout ça pour me sauver.

Pourtant, mon instinct prend le dessus. J'avance plus lentement à présent, me hissant sur une petite corniche de terre sur le flanc de la montagne qui surplombe la forteresse en contrebas. Je m'y laisse tomber à genoux, haletante.

Le silence m'envahit, agrippée au bord. Je tiens à peine le coup.

Juste en bas. En bas, Dušan se bat contre un, deux… dix d'entre eux pour me protéger.

Je frissonne.

« *Cache-toi. Je te trouverai.* »

Je m'accroche à ces mots, regardant autour de

moi. La douce lueur de la pleine lune embrasse les contours de la montagne. Je ne peux plus grimper. Je me relève, et je chancelle, m'éloignant du bord, poussant des talons contre la pierre jusqu'à ce que mon dos rencontre la fraîcheur de la montagne.

Des éclairs flashent haut dans les nuages, au loin. Vu d'ici, le monde s'étale devant moi, ne laissant derrière lui que des pensées et des souvenirs. Je remonte les genoux et les serre contre moi.

Est-ce que Dušan est toujours en train de se battre ? Combien peut-il en vaincre avant que l'un d'entre eux ne prenne le dessus ? Un frisson parcourt mon corps, et je me mords la lèvre inférieure. Un grondement résonne dans ma tête, sauvage, indésirable.

– Non, ne t'approche pas de moi, murmuré-je, calmant la bête qui pousse en moi.

Des griffes grattent sous la peau de mes genoux, leurs pointes la soulèvent. La peur m'envahit à l'idée que ma louve sorte, maintenant, ce soir. *Là.*

Je ferme les yeux, j'entends le faible écho du tonnerre qui gronde à travers le ciel, et la créature en moi réagit, relève la tête pour humer la légère odeur de l'ozone.

Je ne sais pas combien de temps j'attends. Les

minutes semblent durer une éternité, tandis que l'orage s'approche lentement, illuminant le ciel de flashs blancs. À chaque seconde qui passe, je sens le désespoir m'envahir.

Il faut que je quitte cet endroit – que je quitte Dušan – ou demain matin, je n'aurai plus de raison de partir. Au matin, ils m'auront retrouvée. Les larmes ruissellent sur mes joues, la culpabilité de m'être échappée m'envahit. Je les essuie d'un revers de main et me relève.

– Ne me dis pas que tu t'en vas déjà.

Le grognement grave et guttural est ponctué de profondes et lentes respirations. Dušan boite dans ma direction, surgissant de l'obscurité tel un dieu. Un éclair traverse le ciel derrière lui, et, l'espace d'une seconde, mon cœur me remonte dans la gorge.

Il titube et tient son bras gauche contre son corps. Il essaie de me cacher qu'il souffre en levant les yeux sur moi, mais les loups guérissent vite. Une longue estafilade marque sa joue, et son t-shirt est déchiré au milieu. Il en manque une épaule, déchirée par des crocs et des griffes.

Ses bottes raclent le sol alors qu'il avance en trébuchant. Ses yeux bleu océan scrutent mon visage avant de se promener sur mon corps tout entier.

Il m'a sauvée, protégée, et il aurait pu en mourir.

– Pourquoi ? (Les mots s'échappent de mes lèvres.) Pourquoi risquer ta vie comme ça ?

– Si je dois te l'expliquer, c'est que je me suis vraiment mal débrouillé pour te le montrer avant.

J'ai le souffle court quand il s'approche de moi. Sauf que cette fois, je ne recule pas. Cette fois, je ne m'enfuis pas.

– Ce n'est pas ce que je veux. (Je secoue la tête.) Je ne veux rien de tout ça.

– Pourtant ça ne changera rien. Il y a une louve en toi, Meira. Dont tu ne peux pas te séparer. Que tu ne pourras pas renier éternellement. Tu es à la croisée des chemins ici. Tu peux soit mourir, soit embrasser ce que tu es vraiment, et apprendre qu'en plus des inconvénients, il y a des avantages plutôt incroyables.

– Ouais, comme quoi ?

Il empoigne le dos de son t-shirt, et le passe par-dessus sa tête. Ses muscles se tendent, et se resserrent alors qu'il jette au loin le vêtement en lambeaux.

– D'abord, des capacités de guérison plus

rapide. (Son bras semble déjà aller mieux, et je le vois qui se redresse.) Et l'odorat, aussi, continue-t-il. Par exemple, je peux sentir les lièvres qui courent frénétiquement pour échapper à la tempête… et toi ?

J'aspire l'air par le nez, laissant la douce odeur m'emporter. La panique a un goût amer sous la douceur.

– Oui.

– Tout comme je peux sentir ta louve. Je peux sentir sa faim, son désir. Je peux sentir qu'elle est prête à sortir. Qu'elle *veut* sortir.

Mon pouls s'accélère à ces mots. Cette pensée – perdre totalement le contrôle – me terrifie.

– Je…

– Je ne peux pas les combattre éternellement, murmure-t-il en s'approchant. Mais je le ferai tant que j'en serai capable, si c'est ce que tu veux.

– Est-ce que ça va être douloureux ? (Je veux entendre la vérité.) Je n'ai pas envie de mourir.

– Pas de la façon dont je veux le faire. (Il lève la main.) Et on n'est pas obligés… Le sexe n'est pas une obligation, si c'est ce que tu veux.

– Mais tu me marqueras quand même, n'est-ce pas ?

La tristesse envahit son regard l'espace d'un instant.

– Oui. Ma marque sera la preuve de ma revendication. Aucun autre homme ne te touchera. Sauf si tu le désires.

– Sauf si je le désire ?

– Ne t'inquiète pas. (Il déglutit avec peine.) Je ne te mettrai pas dans mon lit de force, Meira.

J'ai la gorge serrée. L'idée d'être dans son lit m'allume tout comme les éclairs qui zigzaguent dans le ciel au-dessus de la vallée. Est-ce que j'en ai envie ? Est-ce que j'ai envie de lui appartenir de cette manière ?

Mon cœur se serre fort, répondant à ma place.

– Que dois-je faire ?

Ses yeux s'élargissent une seconde avant qu'il ne s'approche. Je tressaille quand il lève la main. C'est un mouvement réflexe. Malgré tout, il grimace.

– Tourne-toi, et assieds-toi.

Me tourner et m'asseoir ? Je ne sais pas à quoi je m'attendais, mais certainement pas à ça.

– Tu ne peux pas simplement me mordre la main ?

Un sourire triste étire ses lèvres. Il secoue légèrement la tête.

– Malheureusement, ça ne fonctionne pas comme ça.

– Alors comment ça marche ?

– Tourne-toi, Meira. Je te promets que ta louve te guidera.

Je le fixe droit dans les yeux, n'y trouvant que de la compassion et du désir. Je décide finalement de lui faire confiance, alors je me tourne et lui présente mon dos. Je m'assieds par terre, jambes croisées. Je retiens mon souffle quand il se déplace. Je prends conscience de sa présence… une conscience intense de son corps tout près du mien. Sa façon de me dominer, avant de tomber par terre.

Je me souviens de l'histoire que Kinley m'a racontée, quand son partenaire a aidé sa louve à sortir. C'est peut-être ce qu'il me faut. De l'aide pour libérer ma louve, et ne plus être une paria.

– Pose les mains au sol devant toi, m'ordonne-t-il.

Mon cœur s'emballe. Mais je fais ce qu'il me demande.

Du bout des doigts, il dégage les cheveux de ma nuque, puis se penche tout près. Ses lèvres chaudes rencontrent ma chair. Je ferme les yeux à ce contact, et j'essaie de me rappeler de respirer.

Le tonnerre gronde au-dessus de nos têtes, alors qu'il presse son torse contre mon dos. Il pousse contre moi, et je me penche en avant jusqu'à m'appuyer sur les mains. Je me relève sur mes genoux et il s'accroupit au-dessus de moi.

Il est si doux, si incroyablement doux, et pourtant il n'a rien de tendre en lui. Il n'est que puissance, il est un Alpha. La chaleur de son corps se fond dans ma colonne, apaisant cette douleur constante dans mon corps. Ses lèvres se déplacent vers le bas, glissant sur mon haut pour appuyer sur mon dos.

– Mère, ayez pitié, grogne-t-il, la voix rauque.

Ma louve s'approche. Le son de ses pas doux et feutrés dans mon esprit se mêle à la chaleur du corps de Dušan. Un grognement s'échappe de mes lèvres, grondant au fond de ma poitrine avant même que je ne réalise qu'il est là.

– C'est ça, murmure Dušan. Viens à moi.

Je m'accroupis contre la tiédeur de la pierre. La chaleur émane de moi, s'accumule entre mes cuisses pour irradier à l'extérieur. De l'électricité danse sur mes seins, durcissant mes tétons pendant que Dušan embrasse cet endroit juste derrière mon oreille.

– Tu es prête, Meira ? murmure-t-il tout contre moi.

Je n'enregistre aucun mot, ne réalise rien, alors qu'il écrase ses hanches contre la courbe de mon cul. Ses crocs frôlent la chair tendre derrière mon oreille, libérant une vague d'excitation. Je gémis, et me laisse tomber par terre.

Dušan me suit, soutenant le poids de son corps avec ses épaules en me clouant au sol. Je ressens un pincement lent, ludique, taquin. Je courbe les doigts, ma louve se rapproche. Les gouttes de pluie s'abattent sur la montagne dans un grand bruissement. Le ciel est illuminé de blanc éclatant et dans ces lueurs électriques, ma louve s'élance, s'élève plus haut.

Avec un grognement impitoyable, Dušan me mord, plonge ses crocs dans ma nuque. L'orgasme arrive de nulle part, s'abat sur moi alors que je presse mon corps contre la pierre. La douleur me déchire les paumes, mais elle s'estompe à la seconde où je sens mon corps se transformer.

Le désir engloutit le rugissement dans ma tête. Pourtant Dušan s'accroche, ne me lâche pas. Un frisson parcourt mes bras jusqu'à ce que la chaleur les gagne.

Dušan mord plus fort. Je ne ressens ni douleur

ni terreur, rien que de l'excitation, et, alors que l'éclat cru des éclairs s'atténue, il me libère et… recule.

Je reste allongée là, son souffle lourd sur ma nuque, ma louve tout au bord… si près.

– Quelque chose ne va pas, chuchote-t-il dans ce moment parfait en tout point.

Sauf qu'en fait, il n'est pas parfait, n'est-ce pas ?

– Elle se sent coincée, lui dis-je.

Il se relève dans mon dos, m'allégeant de son poids. Ses mains fortes enserrent ma taille, et me hissent sur mes genoux. Ses bras s'enroulent autour de ma taille, son torse ferme frôlant mon dos.

Les ombres descendent, voltigeant au milieu des arbres.

– Ça ira, me souffle-t-il à l'oreille. Il faudra peut-être l'encourager un peu plus.

Je capte le sourire dans sa voix, et je sais ce qu'il sous-entend. La chaleur m'envahit à l'idée qu'il me prenne.

– Oui, soupiré-je.

Il me serre plus fort en réponse, la respiration rapide, haletante.

– Pas ce soir. Je ne veux rien précipiter.

Nous restons comme ça un long moment, et je fonds contre lui.

– Tu m'as marquée comme tienne, c'est ça ?

Il ne répond pas tout de suite ; à la place, il dégage les cheveux de mon cou. Ses lèvres chaudes rencontrent mon oreille.

– En partie. Demain, nous finirons. Mais maintenant, tu es à moi. Tout le monde le saura, et te laissera tranquille.

À moi. Voilà tout ce que j'entends.

– *T*u es prête ? Demande Lucien depuis la porte de la chambre de Dušan.

Appuyant une épaule contre le chambranle, les bras croisés sur la poitrine, il m'étudie avec une expression étrange, Les yeux mi-clos, lèvres incurvées, un reflet mystérieux dans ses éblouissants yeux gris.

– C'est une matinée magnifique, et Dušan m'a demandé de te conduire au petit déjeuner. Il a certaines choses à faire aujourd'hui.

Pendant quelques instants, je me laisse absorber par cette vision parfaite de spécimen de métamorphe. Ses biceps fléchissent alors qu'il laisse retomber ses bras sur les flancs, puis passe une main dans ses cheveux bruns coupés court.

C'est un rempart de muscles. Il est captivant. Dangereux… parce qu'il m'inspire des pensées salaces. Le rouge me monte aux joues à l'idée que, d'une certaine façon, ma louve désire plus d'un homme.

Il porte un jean noir taille basse, un t-shirt bleu froissé, et des bottes de cowboy marron. Ce qui m'intrigue.

– C'est quoi, l'histoire avec les bottes ?

Je me racle la gorge, et je contourne le lit pour récupérer les nouvelles sandales lacées que Dušan m'a apportées la nuit dernière. Je porte une robe bleu ciel qui m'arrive à mi-cuisses. Le tissu est la matière la plus douce qu'il m'ait jamais été donné de toucher. Il a même prévu une culotte en dentelle noire, et un soutien-gorge assorti. Ensuite, il a tenu parole, et m'a laissée dormir seule dans son lit, ce que j'ai apprécié.

– Elles sont confortables, répond-il, mais je vois bien qu'il ment.

Je me redresse, et ma main court sur le tissu. Je n'arrive pas à m'ôter la nuit dernière de l'esprit, et par réflexe, ma main se porte à ma nuque, là où il m'a mordue. Où il a laissé sa marque. La peau est rugueuse à cet endroit à cause des marques de ses dents. Rien que me remémorer cet instant me procure des frissons d'excitation dans le dos. Je n'aurais jamais imaginé qu'un Alpha puisse être aussi doux, et m'excite avec autant de tendresse. La nuit a été un véritable tourbillon, un souvenir parfait, entre peur et séduction.

En me retournant, je vois Lucien qui m'étudie, comme s'il pouvait lire dans mes pensées. J'essaie de ravaler la boule au fond de ma gorge, en vain. Je suis partagée entre le désir et la haine pour ces métamorphes. Je me déteste pour ça, mais je ne peux pas reculer non plus.

– Connais-tu le dicton qui dit « au mauvais endroit, au mauvais moment », ma belle ?

– Oui.

– Je sais que tu as l'impression que c'est un enchaînement de malchance et de mauvaises décisions qui t'ont amenée à notre porte, mais tu n'as jamais pensé que le destin pouvait avoir une drôle de façon de forcer ce qui doit arriver ?

– Alors tu fais confiance au destin ?

Je fais le tour du lit, et je remarque son regard qui s'attarde sur mon corps, tout du long jusqu'à mes sandales dorées.

Je sais que je ne devrais pas ressentir les choses de cette façon, mais auprès de Lucien, j'ai le souffle court, et la chaleur m'embrase la peau. Il me regarde comme s'il allait m'arracher ma robe, et me plaquer au mur pour me sauter. Le feu irradie mon cou maintenant, à cause de l'image qui embrouille maintenant mes pensées.

– Il y a des choses trop étranges, trop puissantes pour n'être que de simples coïncidences, tu ne crois pas ? demande-t-il.

Je passe ma langue sur mes lèvres sèches en hochant la tête, puis nous quittons ma chambre, et passons devant le garde à ma porte. Être aussi proche de Lucien n'est peut-être pas une si riche idée. Plus loin dans le couloir, nous tournons à gauche vers un escalier circulaire qui mène à l'étage.

– C'est ce qu'on t'a appris à croire étant enfant ? rétorqué-je.

– Mon enfance a surtout consisté à prendre la fuite, et trouver un nouveau foyer sûr. La plus grande partie de ma vie, je n'ai même jamais su ce qu'était le destin.

Il m'observe d'un regard doux, plein de sympathie.

– Ne fais pas ça, lui dis-je, les joues rouges de honte. Je ne veux pas de ta pitié.

– Ce n'est pas de la pitié, Meira. Je te comprends, c'est tout. Nous avons tous des histoires différentes, et je ne dis pas que l'une est meilleure que l'autre. Mais certains d'entre nous ont eu un départ merdique dans ce monde malade, encore plus que d'autres.

J'ouvre la bouche pour lui répondre, mais les mots me manquent. Nous pénétrons sur un petit balcon qui fait saillie à la base du toit pointu de la tour. Une bouffée d'air frais me frappe, et tourbillonne autour de moi. Je reste bouche bée en voyant la petite table et les chaises installées là, avec des assiettes pleines de nourriture, mais mon attention est complètement absorbée par la vue depuis ici. J'avance vers la rambarde métallique qui entoure l'aire ouverte, et contemple la plus spectaculaire des vues sur les Carpates sauvages qui nous entourent.

– Magnifique, non ?

Lucien se tient derrière moi. Je sens sa présence tout près. J'en ai la chair de poule par anticipation ; j'ai envie qu'il me touche, et se colle à moi. Je frissonne.

– C'est spectaculaire.

Je contemple les bois, de l'autre côté de l'enceinte métallique de la colonie. De légers mouvements y attirent mon attention et je plisse les yeux pour mieux voir depuis cette hauteur.

– Tu vois ça ? Je lui désigne l'endroit.

Lucien s'avance à côté de moi pour regarder en bas, et nos bras se frôlent. Sa peau est brûlante, et je résiste à l'envie de me pencher contre lui. Il me perturbe trop facilement.

Il faut que tu arrêtes, me sermonné-je, sachant que je suis assez troublée depuis la nuit dernière, et qu'il faut que je réfrène mes désirs.

Le vent souffle dans mes cheveux tandis que nous contemplons les bois, où une demi-douzaine de morts-vivants rôdent près de la clôture. Deux d'entre eux tombent à genoux, penchés en avant, comme s'ils se nourrissaient. Les autres les rejoignent bientôt.

– Tu crois que c'est un animal mort ? demandé-je.

Je me rappelle que j'avais vu des morts-vivants sortir des bois alentour lors de mon arrivée. Ils se sont déjà nourris ici, alors ils ne partiront jamais s'ils continuent de trouver de la nourriture aussi près de la colonie.

Pendant un moment, Lucien ne dit rien, mais hoche la tête.

– Ouais, peut-être.

Sa voix est tendue. Je me tourne pour lui faire face, dos contre la rambarde. Il se raidit, se tenant si droit et si proche de moi que je n'arrive plus à réfléchir. Ma poitrine se serre, des idées lubriques envahissent mon esprit.

Frémissant de tout mon corps, je plonge mon regard sur ses lèvres pleines puis sur la cicatrice le long de sa clavicule. C'est un monde barbare, où se battre est l'unique façon de survivre.

– Ton cœur bat si vite. Est-ce que tu as peur de moi ? murmure-t-il.

– Non, je n'ai pas peur de toi.

J'ai peur de perdre le contrôle de moi en sa présence, du désir qui me fait mordiller ma lèvre inférieure.

Le petit grognement qui lui échappe me dit que je joue un jeu dangereux. Il s'approche, et je ne recule pas.

Je me penche en avant, les yeux clos, jusqu'à ce que nos lèvres se collent. Je n'arrive plus à penser durant ces quelques secondes où le monde semble nous retenir prisonniers de ce moment parfait. Ce moment où je suis en train d'embrasser le métamorphe sous les ordres de Dušan, l'Alpha qui m'a marquée comme sienne la nuit dernière.

Il ouvre la bouche et j'en fais de même, et nos langues se mêlent. Des étincelles jaillissent le long de ma colonne, et le feu se concentre entre mes cuisses, trempant ma culotte en quelques secondes. Il ne s'écarte pas, et je ne m'arrête pas. Je ne veux pas que ça s'arrête, et je pose mes mains sur ses biceps quand il m'enveloppe de ses bras. Je presse mes seins contre son torse, mes tétons se frottent contre ses pectoraux musclés.

J'adore les gémissements qu'il pousse.

Nos souffles s'accélèrent, son baiser est profond et dominateur, il explore ma bouche de sa langue, il me lèche, il me possède.

Il s'écarte le premier, et j'ouvre les yeux ; le doute s'insinue dans son regard. Un frisson me parcourt les os.

– Même si je pense sans arrêt à toi, on ne devrait pas faire ça.

La douleur que je vois dans ses yeux gris acier me serre la gorge, et la gêne s'abat sur moi. Ça ne devrait pas, mais une brûlure désagréable m'envahit.

– Pourquoi ? demandé-je.

– Parce qu'on va souffrir tous les deux. Je n'aurais jamais dû t'embrasser.

Il détourne le regard, et pivote brusquement vers la table.

– Nous ferions mieux de manger avant que le vent n'emporte notre repas.

J'avance vers la table ronde boulonnée au sol dallé, ainsi que les chaises. Quand je m'assieds, le métal est froid sur l'arrière de mes jambes. La douleur s'accroît dans ma poitrine, mais je reporte mon attention sur la nourriture. Il y a un plat rempli de morceaux de viande cuite, des pâtisseries à la confiture, et même un pain rond en tranches, avec du beurre.

– Lucien, nous n'avons rien fait de mal.

Je m'étonne de constater que je lui tends la main, alors que je devrais repousser ces loups. Toute cette confusion me donne mal à la tête, ce besoin que je ne comprends pas.

– Ça n'a aucune importance, dit-il. Mange.

Est-ce que je l'ai bien entendu ?

– Bien sûr que ça en a.

Il remplit son assiette et commence à manger.

– Qu'est-ce que tu veux dire ? demandé-je.

Il ferme les yeux, et un grondement sort de sa poitrine. Quand il me regarde de nouveau, c'est avec tristesse.

Je ne sais pas quoi dire. Je m'enfonce trop, je laisse les émotions m'emporter. Ces derniers temps, je me suis efforcée de comprendre les réactions de mon corps. Peut-être que ma louve réagit en présence de ces Alphas, et qu'elle se languit d'eux, mais est-elle vraiment digne de confiance ? C'est une bête en moi, qui refuse de sortir, et qui pourrait causer ma perte.

Est-ce que je suis ridicule de croire que ce que je ressens n'est pas qu'une chaleur animale ?

Nous avalons le petit déjeuner en bavardant. Il ne dit pas pourquoi il a interrompu notre baiser, et après tout, ce ne sont peut-être pas mes affaires. Peut-être qu'il me fait une faveur. Parce que visiblement, je ne peux pas contrôler mes instincts en présence des trois Alphas que j'ai rencontrés dans cette meute. Je les ai embrassés tous les trois et ma louve les désire tous les trois. Quelque chose doit être effectivement brisé en moi.

Une fois le déjeuner terminé, il me raccompagne à la chambre de Dušan.

– Meira, je crois que c'est mieux ainsi, dit-il sur le seuil.

Puis il ferme la porte et s'en va. Et je reste seule, totalement confuse et blessée.

Dušan

*L*a nuit s'étend dans le ciel quand je retourne vers ma chambre après une journée particulièrement longue. Le feu couve dans mes veines. J'ai finalement réussi à joindre Mad, qui a insisté sur le fait que Caspian et lui se montraient tout simplement polis avec leurs hôtes, et prévoyaient de rentrer bientôt. Il ne m'a rien dit, et a tout caché de ce qui se passait vraiment. Je l'ai vu dans ses yeux, dans sa voix. Cet idiot a même tenté de plaisanter au sujet d'Ander qui perdrait de l'emprise sur sa meute, à cause d'une Oméga qu'il n'aurait pas encore totalement revendiquée.

Ce qu'Ander fait avec sa meute ne nous concerne pas, et Mad doit balayer devant sa porte avant toute chose.

Quand il rentrera, je l'obligerai à tout me dire, faute de quoi il sera chassé. Bardhyl a raison. À moins que Mad ne se ressaisisse, il devra s'en aller. Comme Second, j'ai besoin de quelqu'un à qui je peux faire confiance, et en cet instant, je le soupçonne d'être en train de faire quelque chose de vraiment stupide, qui risque de me retomber dessus.

Mes pas frappent le sol dallé, le bruit résonne dans le hall. Je m'arrête devant la porte de ma chambre, et prends une profonde inspiration pour me calmer. Je ne veux pas effrayer Meira. Toute la journée, je n'ai cessé de penser à elle, son odeur dans mes narines, son goût sur ma langue. Ce soir, je ferai sortir sa louve – nos énergies vont fusionner. Sachant le danger qu'elle représente pour elle-même et la meute, je sais qu'il faut le faire ce soir. La nuit dernière, sa louve était prête à sortir, avide d'évasion. Et je vais lui donner un grand coup de pouce.

Je déverrouille la porte à l'aide de la clé dans ma poche, et entre dans la pièce.

Meira se tourne vers moi, la surprise lui écarquille les yeux ; elle tient une cruche en céramique dont le fond est tombé. La chemise de nuit jaune pâle qu'elle porte est trempée, le tissu colle à son corps, suivant la courbe parfaite de ses seins dressés, et de son ventre plat. Je manque de m'étouffer à sa vue. Je fixe la fourrure noire à l'apex de ses cuisses, et les délicieux cercles de ses aréoles pressées contre le tissu humide.

Merde !

– Je crois que la cruche était fêlée, me dit-elle avec un sourire en coin.

Je referme la porte derrière moi d'un coup de pied, et la verrouille. Mon membre tressaute contre mon pantalon, et mes boules durcissent. Tout d'abord, je ne parviens qu'à contempler la chemise de nuit humide, et son corps magnifique.

Je me ressaisis, et me précipite vers elle, pieds nus parmi les éclats de céramique.

– Ne bouge pas.

Je m'agenouille et ramasse d'abord les plus gros tessons, puis recherche méticuleusement les plus petits. J'essaie de calmer ma propre faim, et me souviens que j'avais prévu de lui poser une question.

– Meira, simple curiosité, comment tu t'es échappée de l'avion ?

– Mad et Caspian était trop occupés à se disputer parce que nous étions en retard, et quand je suis montée dans l'avion, Mad a oublié de m'attacher ; alors dès qu'il est entré dans le cockpit, j'ai couru.

– J'apprécie ton honnêteté.

Je jette les débris de céramique à la poubelle, et fustige mentalement Mad pour sa négligence. Même si, à bien y réfléchir, c'est plutôt étrange pour quelqu'un d'aussi attentif au moindre détail.

Meira commence à se déplacer dans la pièce.

– Je ne t'ai pas dit de ne pas bouger ?

Elle se raidit en entendant mon ordre. Je me

rapproche d'elle, et la soulève dans mes bras, puis la porte sur le lit où je l'allonge sur le dos.

– Tu as marché sur un tesson ? lui demandé-je.

Assis au bord du lit, je lève ses pieds pour les poser sur mes genoux. J'essuie la poussière qui les macule, orteils inclus, et elle se tortille en gloussant.

– Tu me chatouilles !

– Reste tranquille.

Je passe doucement mes doigts sur ses pieds, pour entendre encore son rire magnifique. J'inspecte sa peau en quête de la moindre coupure. Elle a des pieds si petits, si adorables. Lentement, je les masse jusqu'aux orteils, et je sens qu'elle se détend.

– J'apprécie vraiment ton aide, mais je ne suis pas blessée.

Elle se tortille sous mes caresses qui la chatouillent.

Quand je me retourne pour lui faire face, elle est sur le dos, appuyée sur ses coudes, le tissu de la chemise de nuit tendu sur sa poitrine, révélant tout de son corps par transparence.

Nom de Dieu, elle est magnifique. Son petit corps tout en courbes m'appelle.

– Alors, quels sont tes projets pour la soirée ?

demande-t-elle. Un dîner, puis une promenade en forêt ?

Elle a un sourire grivois, qui me fait bander douloureusement.

– Quand tu me tentes comme ça, il n'y a qu'une chose que j'ai envie de faire avec toi.

Je me relève du lit, et commence à déboutonner ma chemise, sans quitter ses yeux écarquillés.

Elle jette un bref regard à sa chemise de nuit, puis couvre hâtivement sa poitrine de ses mains.

– Merde ! Tu m'as distraite quand t'es entré.

Elle se détourne de moi, mais je l'attrape par les chevilles et la traîne sur le lit jusqu'à moi. Le bas de sa chemise de nuit remonte sur ses jambes, et un flash de poils sombres apparaît entre ses cuisses. Elle hoquète et rabat rapidement le tissu, mais ma queue palpite tellement fort maintenant. Tout ce que je peux imaginer, c'est d'écarter ces cuisses galbées pour m'enfoncer en elle.

La chaleur de notre accouplement m'envahit, hérisse les poils sur mes bras. Mes testicules s'alourdissent à la promesse de cette diablesse. À sa façon de me regarder, je vois qu'elle ressent ce lien, l'excitation, le désir grandissant.

Un soupir s'échappe de ces superbes lèvres roses.

J'ouvre ma chemise noire, et remarque son regard plongeant. Ses joues rougissent, et je ne peux retenir un sourire tandis que je déboutonne mes manches. Je retire la chemise, et la jette sur le canapé derrière moi.

– Dušan, je n-ne sais pas… Non, je… Merde !

Elle bute sur les mots, et je trouve adorable qu'elle pense que ce qu'elle dira pourrait changer quoi que ce soit à ce qui va lui arriver.

– On achève l'accouplement ce soir, Meira. Il faut qu'on fasse sortir ta louve. Tu le sais.

Elle secoue la tête, mais son corps la trahit tandis qu'elle pousse le tissu moulant de sa chemise de nuit entre ses jambes. Furtivement, sa main frotte sa chaleur. Son parfum mielleux flotte dans l'air, et je l'ai encore à peine touchée. Le magnétisme de la marque entre nos deux loups nous a liés, et maintenant il est temps qu'elle vienne à moi. C'est enivrant, ça m'entraîne de plus en plus profond.

Elle halète, et ma queue me fait mal à pousser contre mon pantalon.

– Enlève-la, lui ordonné-je. Montre-moi comment tu te touches.

– Non !

Elle recule en me regardant comme si j'étais le

diable, mais lutter contre ça ne lui apportera qu'une souffrance atroce.

J'arrache le fin tissu à deux mains, le déchire en deux. D'un geste vif, je l'ouvre jusqu'à sa poitrine.

Ses seins parfaits jaillissent et je gémis d'un désir inouï. Elle serre les jambes et me lance un regard de biche terrifiée.

— Il y aura des conséquences si tu n'obéis pas, Meira. Enlève ça maintenant.

— Je… je ne devrais pas te désirer autant, alors que tout ce que j'ai envie de faire, c'est te balancer par cette fenêtre.

J'éclate de rire, et c'est une sensation incroyable.

— Tu peux me détester, mais ce soir, nous faisons sortir ta louve. Et tu me supplieras.

— Jamais !

Elle me crache ce mot, et j'adore sa fougue. C'est exactement ce dont j'ai besoin à mes côtés, quelqu'un qui se défend, qui m'aidera à diriger ma meute. Pour le moment, elle a juste besoin de devenir plus forte physiquement.

Je baisse la main, et déboucle mon pantalon.

— Enlève la chemise de nuit, Meira. La prochaine fois, je ne demanderai pas.

Je veux qu'elle soit nue, je veux que son corps

pulpeux, tout en courbes, soit tout à moi.

Ce que nous ressentons l'un pour l'autre est primaire, nos loups recherchent leurs partenaires, et la seule façon de l'aider à guérir, c'est de rappeler à sa louve que je suis l'Alpha. La domination, associée à l'énergie qui nous lie l'un à l'autre, fera sortir son autre moitié.

Je dézippe mon pantalon, et mon membre jaillit, attirant son regard. Je vois la faim dans ses yeux, et mon odeur se mêle à la sienne. Elle cille, la peur surgit dans ses iris, mais elle ne recule plus. Je fais glisser mon pantalon le long de mes jambes, et en sors avant de le poser avec ma chemise.

Ma diablesse me regarde, complètement perdue.

– Maintenant, montre-moi, ma belle. Montre-moi comment tu te touches quand tu es seule et que tu penses à moi. Et ne lutte pas contre moi.

Son visage pâlit, mais sa main descend le long de son ventre, jusqu'à la touffe entre ses jambes. Puis elle s'arrête.

– Non, non, dis-je. Ça ne suffira pas. Écarte.

– Je sais ce que tu es en train de faire. Je ne me soumettrai jamais à toi !

Elle me fusille du regard, et pourtant son corps ronronne pour moi.

– Alors ta louve ne sortira jamais, grogné-je.

Il faut qu'elle cesse de se battre contre moi.

Elle m'observe pendant un long moment, mais je ne cède pas. Puis ses muscles se tendent quand elle écarte progressivement ses jambes, sa main recouvrant sa toison. Tout d'abord, elle se contente de la laisser là, luttant contre sa propre excitation. Puis ses doigts se mettent en mouvement lentement, glissent le long des replis. Son sexe luit d'excitation, si rose et humide.

– Brave petite.

Je bande de plus en plus fort à ce spectacle, à deux doigts de me répandre partout sur le lit.

Un gémissement s'échappe de ses lèvres alors qu'elle fait se titille de ses doigts et que ses jambes s'écartent de plus en plus. Je suis sur le point de perdre mon self-control, et de la prendre comme un animal sauvage.

Son odeur entêtante m'embrume l'esprit, et je suis sur le lit avant même d'avoir décidé de bouger. Je suis à quatre pattes, la tête entre ses cuisses, et j'inspire à fond, laissant chaque cellule de mon corps la reconnaître et s'imprégner d'elle.

Je fais glisser mes lèvres à l'intérieur de sa cuisse, et ses gémissements me rendent fou. Elle retire sa main, s'offrant à moi, parce qu'elle en a autant besoin que moi. J'écarte encore plus ses cuisses. Je sors ma langue et lèche tous ses replis de chair douce. Elle frémit sous mon contact, attrape un oreiller, et le presse sur son visage.

Je l'embrasse doucement, je titille en suçant son bouton engorgé. J'écarte les petites lèvres de son sexe, et je glisse ma langue dessus. Son corps tremble, ses hanches oscillent. M'agrippant à ses cuisses, je la dévore et plonge ma langue dans sa chaleur moite. Son odeur est incroyable.

Elle est à moi, je la revendique, je veux la prendre encore et encore.

La faim primaire de mon loup surgit si puissamment en moi que j'en frémis.

Avec un rugissement, je recule, et me redresse à genoux, fixant ma partenaire. Elle est la plus belle chose que j'aie jamais vue.

J'arrache l'oreiller de son visage.

— Je veux que tu me regardes pendant que je te fais l'amour et te fais crier.

Elle me fixe avec des yeux si pleins de terreur que le doute m'envahit. Je ne suis pas du genre à reculer quand je dois faire quelque chose pour aider quelqu'un, même si cette personne ne s'en rend pas compte elle-même. Je fonce, et je fais ce qui doit être fait. Mais avec ma petite diablesse, c'est différent, je sens sa maladie, et me rappelle le sang dans la poubelle. Elle en a tellement besoin, mais je ne peux pas la pousser.

– Non, tu n'es pas vraiment prête, annoncé-je. (Je me recule, bien que ma poitrine éclate, et que ma queue dure comme la pierre me fasse un mal de chien.) Nous pourrons essayer une autre fois.

Je referme ses jambes, et m'assieds au bord du lit, détournant le regard. J'essuie de la main ma bouche et mon menton humides, toujours trempés de son excitation, mais je ne veux pas qu'elle se souvienne de moi de cette façon.

– Dušan, murmure-t-elle, sa main tendrement posée sur mon épaule. C'est juste… (Elle se racle la gorge, et je me retourne pour lui faire face. Elle est complètement nue, à genoux derrière moi.) C'est ma première fois. Et… (elle baisse les yeux) j'ai peur que ça fasse mal.

La vulnérabilité dans sa voix affecte chaque cellule de mon corps, déclenchant un désir farouche en moi.

Je saisis son visage au creux de ma main, et elle se laisse aller. Je regarde au fond de ses yeux francs et sa douleur est mienne. Je ne comprends que trop bien la peur.

– Ça te fera un petit peu mal, mais sinon, la

douleur sera incroyable, je te le promets.

– Je te désire. Je veux que tu m'aides. Je ne veux pas mourir à cause de ma louve. S'il te plaît.

Ses doigts pressent mon bras, elle est désespérée. Elle n'accepte pas la défaite, mais regarde la vérité en face.

Un désir ardent au fond de ma poitrine me secoue, et le fait qu'elle ait finalement décidé d'accepter sa situation m'impressionne. Elle se rend compte que je n'ai pas juste l'intention de coucher avec elle, mais aussi de l'aider. Je contemple la supplique dans son regard, ses cheveux sombres ébouriffés, sa respiration saccadée. Je sens l'énergie entre nous jusque dans mes os.

– Je prendrai soin de toi. Tu es à moi maintenant, Meira.

Ses yeux ne quittent pas les miens. Elle s'approche, s'agrippe à moi et m'embrasse. Ses lèvres douces effleurent ma bouche. Elle frissonne contre moi. Sa tendresse me serre le cœur. Je dois encore apprendre à connaître son passé. Nous avons tous une part d'ombre dans notre histoire, et je veux connaître la sienne. Je veux lui montrer qu'elle n'est plus seule. Je veux qu'elle se sente en sécurité.

– J'ai besoin de toi, Dušan, dit-elle tout contre ma bouche.

– Et je suis tout à toi.

Je l'embrasse à mon tour, une main derrière sa tête, l'autre sur son bras. Elle a le goût des cerises les plus douces. Nous nous embrassons jusqu'à ce qu'elle soit à bout de souffle, et que je sois si perdu que j'en oublie même de respirer.

Je la ramène sur le lit, et elle s'agite, se frotte contre le matelas. Pesant de tout mon poids entre ses cuisses, je fais courir ma langue le long de son cou, sur son épaule, je goûte sa peau salée. Je prends son téton dans ma bouche, que je mordille doucement.

Elle se tortille sous moi, ses hanches se balancent d'arrière en avant et mon sexe glisse contre sa chaude moiteur.

Elle est si parfaite, à gémir sous moi. Son corps répond à la moindre de mes caresses. Je recueille son autre sein dans ma bouche, prenant mon temps afin que son désir remonte en puissance, qu'elle en soit ivre.

La pièce est emplie de nos odeurs. Elle enfonce les doigts dans mes bras et gémit de plus en plus fort. Je contemple sa beauté, et elle soutient mon regard tandis que je glisse ma main entre nos corps, et caresse son clitoris engorgé. Ça la rend folle et elle glisse sous moi. Son petit sexe est tout humide. Elle est prête, alors j'appuie le bout de mon membre devant son antre, je sens sa moiteur détrempée. Elle halète doucement, et ce son m'enivre.

– Je t'ai promis d'aller doucement au début, dis-je. Je ne ferai jamais de mal à ce qui m'appartient. Est-ce que tu m'appartiens ? lui demandé-je, afin de l'entendre le dire elle-même. Je sais déjà que c'est le cas.

Elle se cramponne à mes bras alors que sa louve gémit dans sa poitrine. Putain, elle est tellement excitante. Quand elle ouvre finalement les lèvres, un gémissement primal s'en échappe. Et je sais qu'elle est prête.

Elle avance la tête pour m'embrasser, et je m'enfonce progressivement dans son ventre moelleux.

– Je suis à toi, crie-t-elle.

Elle est si serrée, le désir d'exploser en elle gronde en moi. Ma queue me fait mal tandis que je l'enfonce plus profond, jusqu'à ce que mon bout heurte une douce barrière. Je sais ce que c'est. Je suis son premier. Je ressors, et me glisse à nouveau en elle, plus vite cette fois, mais pas jusqu'au bout. J'ai besoin qu'elle soit proche de l'orgasme, pour qu'elle ait moins mal.

Elle a la tête rejetée en arrière, sa gorge offerte, exposée. J'admire ses seins qui rebondissent, ses tétons durs et dressés.

– Fais-moi plus mal, ordonne-t-elle en écartant davantage les jambes. Je t'en prie.

Bon sang, elle va signer mon arrêt de mort. Je perds tout contrôle auprès d'elle. Je m'embrase, j'ai un besoin désespéré de m'enfoncer en elle jusqu'à la garde.

– Putain, tu sens tellement bon.

Elle plante ses ongles dans mon bras, et à chacun de ses gémissements, je me glisse plus profond en elle. Je la prends plus vite maintenant, et je brise la barrière souple, m'enfonçant jusqu'à la garde.

Ses cris résonnent dans la pièce, elle cambre le dos, ses parois se serrent autour de mon membre. Je me perds en elle, mais je me retire en partie, laissant juste le bout de ma queue en elle, désireux de la combler encore, et encore.

– Tu as mal ? demandé-je.

Ses yeux s'ouvrent d'un seul coup, son souffle s'accélère. J'aime l'éclat de ses joues rougies.

– Encore. N'essaie même pas d'arrêter.

– Putain, Meira…

Je replonge en elle d'un coup sec et claquant.

Elle crie quand je la pilonne, pousse en elle, la prends, la possède.

Son odeur m'enveloppe comme une couverture qui m'étouffe. Et mon loup est juste là, rugissant dans ma poitrine, son énergie se mêle à la sienne. Il sent ce qui nous appartient.

Son corps vibre au moment où je baisse la main sur son sexe, appuie mon pouce sur son clitoris et le caresse en petits cercles, faisant monter l'orgasme.

– Viens pour moi, ma belle, lui dis-je.

Elle crie plus fort, et ma queue tressaille, la base enfle, se noue. Au même moment, Meira convulse et hurle et j'explose dans mon propre orgasme. Je pulse en elle, déversant des rivières de semence, la remplissant. Plus mon nœud reste en place, et garde le sperme en elle, plus grandes sont les chances qu'elle soit imprégnée.

Bon sang, elle est éblouissante dans ce moment de pure béatitude. Ses parois intimes se resserrent autour de mon membre, me pressent, me traient.

Je feule. La chaleur inonde ma queue quand sa liqueur la recouvre.

Je me noie dans sa jouissance. Elle a encore la tête rejetée en arrière, et dans un moment de pur désir, je sors les dents et les plante sur le côté de son cou exposé. Je suce le sang, hume son orgasme dans l'air. Je m'écarte de son cou, j'ai un goût métallique sur la langue.

L'énergie brûle dans mes bras. J'ignore combien de temps nous restons comme ça, entrelacés.

Sauf qu'aucune louve ne cherche à se libérer. Je ne peux m'empêcher d'être déçu.

Les gémissements sexy de Meira ne s'arrêtent pas. Son front est luisant de sueur, et je veux rester enfoui en elle pour l'éternité. Mais quelque chose m'échappe au sujet de sa louve, quelque chose qui n'est pas clair.

– Je ne te laisserai jamais partir, déclaré-je, alors que mon nœud se relâche, et que, lentement, je me retire. Je m'accroupis sur mes talons, et admire sa belle toison, d'où s'écoulent la semence et sa liqueur féminine.

– Reste là. Je vais te nettoyer.

Je me lève, jambes tremblantes, étourdi par l'intensité de notre étreinte.

– Dušan, dit-elle.

Je la regarde à mon tour, par-dessus mon épaule.

– Oui ?

– Tu as plutôt intérêt à ne pas me laisser partir, grogne-t-elle.

CHAPITRE 13
DUŠAN

Cela fait trois jours glorieux, agrémentés de sexe, que j'ai revendiqué Meira. Sa chaleur est explosive, et elle me saute dessus à la seconde où je la rejoins dans ma chambre. Mais toujours aucun signe de l'émergence de sa louve. Elle aurait dû se montrer maintenant. Elle est en chaleur, son corps se prépare à la maternité… mais je ne sais même pas si elle pourrait porter un enfant avec sa maladie – avec la louve toujours en elle.

Son parfum titille encore mes narines. Du miel doux, et des roses, avec une pointe de cannelle qui lui vient de sa louve. Je trouve son odeur partout maintenant qu'elle s'est mêlée à mes sens. Tout comme les bruits qu'elle fait quand elle jouit, qui persistent dans mes pensées.

Elle m'affecte tellement que maintenant, son absence s'infiltre en moi, comme un appel incessant à mon loup.

Je l'ai marquée comme mienne, l'ai revendiquée temporairement. Jusqu'à ce que sa louve se libère, notre lien ne sera jamais totalement fusionnel.

Bardhyl me rejoint dans mon bureau, et s'affale sur le siège réservé aux invités. Une nouvelle griffure rougit sur sa joue.

– J'ai trouvé une fille de justesse. Ces foutus loups sauvages sont en manque de femelles. J'ai dû en combattre deux pour récupérer cette fille. Elle a vingt ans, et elle va avoir ses chaleurs. Donc c'est parfait.

– Tu as fait un boulot fantastique. Il faut lui faire une cérémonie d'accouplement rapide devant les Alphas, pour s'assurer qu'aucun d'entre eux n'est son âme sœur, avant de l'envoyer aux X-Clan.

Bardhyl s'époussette les mains.

– C'est fait. Elle est prête à partir.

Je hoche la tête.

– Je suis impressionné. D'accord, prévois la livraison d'ici deux jours. Elle aura besoin de se laver, d'être nourrie, de nouveaux vêtements, et d'un topo sur sa destination.

Je tends la main vers mon tiroir du haut pour récupérer ma tablette.

– Je m'en occupe. Tu appelles Ander ?

– Je le fais tout de suite, comme ça Mad et Caspian pourront ramener leurs culs à la maison.

La lèvre supérieure de Bardhyl se retrousse en un rictus à l'énoncé de leurs noms.

Je prends la parole avant qu'il ne le fasse.

– Je sais ce que tu vas dire, mais Mad a été nommé par notre père avant sa mort.

– Et alors ? Qu'il aille se faire voir, et…

– Et quoi ? On livre Mad aux Infectés ? Tu sais bien que je ne le ferai pas.

– Pour ton information, s'il fait quoi que ce soit de mal pendant ce voyage qui ruinerait notre rela-tion commerciale, je le remettrai à sa place. J'en ai assez de ses conneries. Tu sais ce que cet abruti a fait avant de partir ? Il a modifié les mots de passe des verrous de tous les hangars. Il nous a fallu des jours pour les ouvrir, et récupérer nos armes.

Je soupire, et secoue la tête. Mad est un farceur, mais ça ne fait pas de lui quelqu'un de méchant. Il a grandi avec le même père que moi, a reçu les mêmes coups. Nous n'avions pas la même mère, mais elles n'avaient aucune influence sur l'ancien Alpha des Loups Cendrés. Nous gérons tous différemment les merdes de notre passé.

Je presse le bouton d'appel sur le chat vidéo, et m'installe dans mon fauteuil pendant que Bardhyl quitte mon bureau

– Dušan, me salue Ander.

Ses cheveux bruns sont en bataille autour de sa figure. Il ne porte pas de chemise et on voit une cuisine en arrière-plan. J'ai dû le prendre au dépourvu.

– Ander, réponds-je, me passant une main dans les cheveux. Je voulais te faire un point rapide au sujet de l'Oméga. Est-ce que c'est le bon moment ?

Mes épaules se tendent à l'idée qu'il n'accepte pas de nouvelle fille en échange de Meira.

Une voix de femme murmure en arrière-plan.

– Non, reste, insiste Ander, se tournant vers quelqu'un à côté de lui. Je t'en prie, dit-il doucement.

Ce côté plus doux d'Ander me surprend, car je ne l'ai jamais vu comme ça pendant aucun de nos rendez-vous. Il garde toujours le contrôle, comme n'importe quel Alpha le devrait.

Quand il revient à moi, je lève un sourcil, lui

montrant que je comprends que seule une femme peut adoucir le cœur d'un Alpha.

– Ne commence pas, me chuchote-t-il, avant de se concentrer de nouveau la personne hors champ, tendant son bras vers elle.

Je ne peux m'empêcher de lui sourire, bien conscient que même si les Alphas essaient autant que possible de garder leur position de pouvoir, nous avons tous aussi nos moments de faiblesse.

Mon regard dévie sur une femme qui entre dans le cadre. Ses cheveux auburn encore humides sont drapés sur son épaule. La robe qu'elle porte pend lâchement sur sa petite carrure. Quand elle me regarde, je ne vois que deux yeux bleus perçants. Elle est superbe.

– Voici l'Alpha du Territoire des Ombres, dit Ander en attirant la femme sur ses genoux. Dušan, voici ma Katriana.

C'est bon de voir qu'Ander a trouvé son Oméga. Les voir ensemble me rappelle Meira et moi la nuit dernière. À ce souvenir, mon cœur effréné se met à battre à tout rompre à l'idée de retourner la voir, de la prendre dans mon lit tous les soirs jusqu'à libérer sa louve.

– Je suis enchanté de faire votre connaissance, Katriana.

– Moi aussi, répond-elle, puis elle s'éclaircit la gorge. Vous êtes de Roumanie, n'est-ce pas ?

– Ce qui était autrefois la Roumanie, oui. (Je lui souris, mais je ne vois que Meira, et ce besoin urgent d'aller la retrouver dans ma chambre.) Je suis désolé de vous interrompre, vous et votre Alpha, mais je lui ai promis un topo aujourd'hui.

– En effet, tu nous as interrompus, approuve Ander, embrassant le cou de Katriana.

Je détourne le regard pendant qu'il termine, et je laisse mon esprit vagabonder vers la tendresse de la peau de Meira sous mes lèvres. Je dois trouver un moyen d'amadouer sa louve pour qu'elle se libère en toute sécurité, afin qu'elle puisse prendre sa place à mes côtés. C'est ma partenaire, et maintenant je dois l'aider. Plus sa louve reste sous la surface, plus l'inquiétude me ronge les tripes. Les chances de survie d'un métis sont faibles… Ce n'est pas impossible, mais bon sang, c'est terriblement difficile. J'éloigne ces pensées, refusant même d'envisager cette possibilité.

– Quel est le niveau de sensibilité de notre sujet du jour ? demande Ander, attirant mon attention.

– Vert.

Je comprends aussitôt qu'il ne veut pas que son Oméga connaisse tous les détails de notre marché.

– Je t'écoute, murmure-t-il, entourant de ses bras l'Oméga assise sur ses genoux.

– Nous avons retrouvé la dixième louve promise, mais il y a une complication. Je dois échanger le produit pour un qui convient mieux.

J'étudie l'Alpha pour voir sa réaction, je ne veux pas ruiner ce que nous avons mis en place.

Il fronce les sourcils.

– Quel genre de complication ?

Je le regarde un long moment, essayant de trouver la meilleure façon de lui expliquer, sans donner trop de détails. Finalement, j'opte pour la vérité :

– Quelque chose de similaire à ta situation actuelle.

Il arque un sourcil.

– Oh. (À la façon dont il me regarde, dont ses yeux se plissent, je vois qu'il comprend.) Eh bien, d'accord. J'accepte un remplacement. Quand pourrez-vous nous l'amener ?

– D'ici deux jours, à moins que tu n'en aies besoin plus tôt ?

Il secoue rapidement la tête.

– Deux jours, c'est parfait. Nous avons une

réunion sociale ce soir-là, pour présenter vos louves à ma meute. Peut-être que Mad et Caspian peuvent rester le temps des festivités avant de revenir chez vous ?

Il y a de l'excitation dans sa voix, et il offre son hospitalité comme une façon de confirmer qu'il est content de continuer nos échanges à l'avenir. Et c'est exactement ce dont j'ai besoin. Finalement, que ces deux-là s'invitent à séjourner chez les Loups du X-Clan n'était peut-être pas une perte de temps.

– Ils seront honorés d'y assister, réponds-je. Merci, Ander.

– À toi également, Dušan.

– Et ravi de vous avoir rencontrée, Katriana, conclus-je d'un ton plus doux, avant de mettre fin à la communication.

Meira

Je tourne folle à rester enfermée dans la chambre de Dušan, et il me manque terriblement. Même si cela fait des jours que je n'ai pas vu Lucien, il hante aussi mes pensées en permanence. Ce baiser que nous avons échangé demeure en moi, tout autant que la raison pour laquelle il reste à l'écart de moi.

Il y a un garde à la porte pour m'empêcher de me faufiler dehors. Maintenant je suis coincée ici, emplie d'un désir qui me brûle férocement les entrailles, et ne me quitte jamais.

Dušan insiste sur le fait que sa morsure, et nos ébats ont changé mon odeur, et que je sens maintenant comme une femme revendiquée aux yeux des autres loups, mais ce n'est que temporaire. L'impatience me dévore dans l'attente de son retour.

Mais l'inquiétude me pèse en permanence sur la poitrine. Pourquoi ma louve n'est-elle pas encore sortie ?

Et si elle ne le faisait jamais ? Et si à chaque fois la maladie revenait, de pire en pire, jusqu'à me tuer ? Je n'avais jamais vomi de sang avant. Je sais que quelque chose ne va pas, je le sens jusque dans mes os. Dušan a raison d'essayer de faire sortir ma louve, d'apprivoiser mon côté humain qui héberge la maladie. Les transformations permettent de guérir n'importe quelle maladie contractée par un métamorphe.

Je traverse la pièce pour aller m'affaler sur le lit, submergée par tant d'émotions, de la peur à la colère en passant par l'envie irrésistible d'avoir mon Alpha auprès de moi. Ses marques ont libéré quelque chose entre nous.

Les oreillers et les draps portent l'odeur de Dušan, masculine, boisée, emplie de phéromones. L'odeur de sa semence, et de ma jouissance persistent aussi. Un instinct s'éveille en moi, et mon ventre se serre de désir. Je ferme les yeux et me recroqueville, j'ai envie de me noyer dans son odeur. Une flaque s'écoule entre mes cuisses, emportée par mon désir pour Dušan.

Aucun doute, il est mon âme sœur. Mon corps, et ma louve le désirent ardemment, le réclament à grands cris. Ma respiration se fait haletante, et une chaleur brûlante me submerge. Pendant trop longtemps, j'ai tenté d'ignorer ce que j'étais : une Oméga, une métamorphe avide de trouver son partenaire, une métisse qui avait bien plus de problèmes que je ne l'aurais cru.

L'odeur de Dušan s'infiltre en mois, et j'ai l'impression que je vais exploser à cause de la douleur qui monte dans mes tripes. Je sors du lit, j'ai besoin d'air frais, n'importe quoi pour me calmer.

Quelqu'un frappe à ma porte, puis l'ouvre.

Mes cheveux se hérissent sur ma nuque, et je m'immobilise, m'attendant à moitié à voir Dušan.

Mais c'est Lucien qui entre. Ses narines s'évasent tandis qu'il prend une profonde et tremblante inspiration, , et une lueur brille au fond de son regard. Il sent mon désir, mon envie, et celui de son Alpha aussi.

– Il fallait que je te voie, dit-il d'une voix grave et rocailleuse, comme s'il luttait contre ses émotions. J'ai essayé de rester à l'écart, admet-il, lèvres pincées.

Je ne peux retenir un sourire en le regardant, il m'a tellement manqué.

– J'ai besoin d'air frais, le supplié-je en m'approchant.

Il hoche la tête et me tend la main. Je la prends, et au moment où nos peaux se touchent, cette étincelle de désir prend vie, comme elle l'avait fait au petit déjeuner quelques jours auparavant.

Nos regards s'entrechoquent. Il le sent aussi, tout comme il a senti l'attirance entre nous la première fois que nous nous sommes rencontrés.

Ses doigts s'enroulent autour des miens, et il me guide à pas vifs dans le couloir. Le garde qui se tient là se contente de nous regarder sans rien dire.

Lucien et moi courons dans le couloir, ma

louve emplie d'adrénaline – elle a besoin de chasser. Lucien me jette un œil, et sa faim se lit sur son visage. Je n'ai jamais ressenti ça auparavant.

Je devrais avoir peur, et honte de vouloir être avec Lucien alors que mon corps se languit de Dušan. Je suis devenue l'Oméga qui s'est accouplée avec l'Alpha des Loups Cendrés, mais qui ne peut contrôler ni ses instincts ni ses réactions.

Fais demi-tour ! hurlé-je dans ma tête, mais ma louve prend le relais.

Le désir arrive par vagues, et mon odeur de peur s'y ajoute. Pour autant, nous ne nous arrêtons pas. Ni en sortant de la forteresse, ni dans les bois denses à l'intérieur de la colonie, ni même quand les vêtements de Lucien se déchirent sur son corps alors qui se transforme.

L'air frais me fouette le visage. J'en aspire de grandes goulées en l'observant avec crainte et admiration. Son corps s'allonge, ses os craquent, sa peau éclate. Des poils brun foncé apparaissent partout sur son corps de loup. À quatre pattes, il court à mes côtés. Il est énorme, il m'arrive facilement à la taille, et il est absolument époustouflant.

L'électricité fuse le long de ma colonne.

Mes pieds nus martèlent le sol. Je ne sens ni les cailloux, ni les brindilles que je foule. Rien que l'exaltation qui m'envahit, ce pouvoir qui me pousse. Est-ce cela qu'on ressent quand on prend la forme d'un loup ?

Je me noie dans l'ivresse de ma louve, l'instinct primitif, la sauvagerie, la familiarité. Je suis faite pour ça. Libre comme une louve, sans me cacher dans les arbres, ni éviter ma vraie forme.

Cela me frappe tellement fort… c'est une sensation que je n'ai jamais vécue auparavant.

Quand nous atteignons finalement le haut de la colline, où la clôture métallique bloque notre progression, nous nous arrêtons.

Je manque d'air, et m'effondre à genoux, à moitié riant, à moitié haletant.

– C'est incroyable. Pourquoi je n'ai jamais ressenti ça avant ?

Lucien, dans sa forme de loup, s'enroule autour de moi, plissant les yeux. Je tends prudemment la main, et fourre les doigts dans son pelage épais et luxuriant. Il est presque doux au toucher, et sa peau est en feu.

Il se frotte contre mon dos en me tournant autour. Ma louve surgit en moi. Elle est juste là, elle pleure après lui, elle se presse en moi, attendant sa libération. Je sens qu'elle est plus forte à présent, comme si elle se glissait juste sous ma peau, impatiente de s'arracher à moi.

Je respire doucement, et je m'ouvre comme je l'ai fait avec Dušan la nuit dernière. La douleur vient avec la concentration, et me saisit les tripes. Je ferme les yeux, serre fort les paupières. Mon cœur bat la chamade, et la sueur ruisselle dans mon dos. En moi-même, je me sens tordue, piégée.

Une main douce se pose sur ma joue, et j'ouvre les yeux.

Lucien est nu devant moi, à genoux, et je ne vois que cet imposant et puissant Alpha, un spécimen de premier ordre. Je me noie dans son odeur boisée et masculine. Ce bel homme me fixe comme s'il me respirait à travers ses yeux.

– Qu'est-ce qui m'arrive ?

J'inhale une inspiration tremblante.

– Ta louve appelle mon loup… Je peux sentir Dušan partout sur toi, mais je m'en fiche. Je ne suis pas jaloux, j'ai juste le besoin de te revendiquer comme mienne.

Je cligne des yeux. *Sienne !*

J'ai envie de lui demander s'il joue avec mes sentiments, sauf que je ressens la même chose que lui. L'attente intime de le toucher, et l'embrasser, tout comme lors de notre premier baiser. Mon pouls s'accélère, car mon corps le désire tandis que mon cerveau me dit de le repousser. Pour effacer ce sourire sournois de son visage.

Je suis tourmentée par mon incapacité à libérer ma louve, ça me fait peur, mais j'ignore ce que je ressens à l'idée d'être revendiquée par deux Alphas. J'ai assez de mal avec la domination de Dušan, cette manière qu'a mon corps de se liquéfier en sa présence, et cette impression que mon esprit ne m'appartient plus.

Une brise fraîche passe sur nous. Le monde tournoie autour de moi et mon cœur bat fort. J'essaie de lutter, et je me mords la lèvre inférieure pour me retenir.

– Tu ne peux pas lutter, dit Lucien de sa voix grave et profonde.

Il tend la main, et agrippe ma jupe.

Notre proximité me coupe le souffle. Je suis tellement nerveuse, à cause de tout ce que ça implique pour nous… pour moi… pour ma louve.

Il se lève et me domine de toute sa hauteur.

– Je vais te prendre, déclare-t-il.

Je n'ai plus de voix, mes mots ne sortent plus ; je ne me fais pas confiance pour dire autre chose que *oui.* C'est mon corps qui lui donne la réponse qu'il attend. Ma poitrine se gonfle hors de tout contrôle, mes tétons durcissent, poussant contre le tissu de ma robe boutonnée.

Il attrape le tissu entre mes seins et le déchire. Les boutons volent en tous sens comme de la grêle.

Je tressaille face à son agression, alors que la chaleur m'envahit devant sa domination.

Je ne porte pas de sous-vêtements, Dušan a réduit la dernière paire en lambeaux : je suis donc complètement nue sous ma robe.

Le regard de Lucien se promène sur mon corps, sur mes seins, mon ventre, puis sur l'apex entre mes cuisses. Il émet un son guttural qui augmente encore mon excitation.

Nos bouches se heurtent, le feu explose entre elles, et je suis perdue.

– Prends-moi, le supplié-je, la tentation s'emparant totalement de moi. Je t'en prie.

Il lèche mes lèvres du bout de sa langue, ses mains fortes parcourent mon dos, et s'arrêtent sur mon cul, écartent mes fesses. Nous nous embrassons avec avidité. J'enroule mes bras autour de son cou, me pousse contre lui. L'excitation se concentre dans mon bas-ventre, je sens ma liqueur couler à l'intérieur de mes cuisses.

Sa bouche est sur mon cou, sa large paume est sur mes seins pinçant les tétons jusqu'à la douleur.

Je grogne et découvre mes dents alors que la chaleur s'intensifie.

Une main se glisse entre nous, et recouvre mon pubis. Je gémis, me languissant de l'avoir en moi, de sentir sa hampe épaisse s'enfoncer en moi.

Ses doigts glissent sur mon sexe brûlant. Sa bouche est collée à la mienne, sa langue s'introduit entre mes dents, et je la prends tout entière. Il introduit deux doigts en moi, et je crie sous le coup de la tension sexuelle qui s'est emparée de moi.

– Je t'en prie, Lucien, prends-moi.

La tension est insupportable, ma peau me brûle, mon ventre se noue.

Il empoigne l'arrière de mes cuisses et me soulève. Nos odeurs sont si fortes, si puissantes. J'enroule mes jambes autour de sa taille, et serre mes bras fort autour de son cou, me cramponne à lui. Il nous amène vers une pente de la colline, avant de s'agenouiller avec une force incroyable. Il m'étend par terre et m'écarte les jambes. Son regard tombe sur mon sexe et mes cuisses trempés.

– Bon sang, tu es magnifique, et tout à moi.

Il plonge sur moi et sans cérémonie, pose sa bouche sur mon intimité frémissante.

Je gémis, cambre le dos tandis qu'il me lèche encore et encore, puis plonge sa langue en moi. Je crie encore à cause de la tension qui s'accumule de plus en plus fort en moi. J'attrape de pleines poignées d'herbe en chevauchant son visage, mes hanches se balançant d'arrière en avant. Un grognement s'échappe de ma gorge et s'enroule autour de nous, créant un lien.

Mes muscles se contractent à mesure que la tension se resserre dans mon ventre.

– Jouis pour moi, insiste-t-il.

Quand sa bouche se referme sur mes replis, et tire dessus, je perds la raison.

L'orgasme me submerge comme une tempête qui fait rage en moi.

Lucien m'écarte encore plus les jambes. Une vive douleur fuse à l'intérieur de ma cuisse, m'enflamme et se heurte à mon orgasme. Mais d'une certaine façon, ces deux sensations se conjuguent, et c'est alors une sensation fabuleuse qui s'empare de moi, me caresse, m'enflamme, et me comble.

– Ouvre les yeux, ordonne-t-il, et son caractère dominant me transperce.

Je fais ce qu'il me demande, et rive mon regard au sien. Il me dévore avec tant de dévotion, et d'attention. Son menton et ses lèvres luisent de ma liqueur, et une goutte de sang roule au coin de sa bouche.

La peur s'insinue en moi.

– Tu m'as marquée ?

Il a posé son empreinte sur moi, il a pris mon sang. Comment pouvons-nous être aussi liés en si peu de temps ? Si vite ? J'ai envie de me retirer et me cacher, mais mon corps me supplie de rester, de me jeter dans ses bras.

Il s'introduit entre mes jambes.

– Bien sûr. Tu ne sens pas que nos loups sont des âmes sœurs ? J'ai essayé de lutter, mais ça me tuait de rester aussi longtemps loin de toi.

Avant que je ne puisse donner un sens à ses paroles, il glisse le bout de son membre en moi. Je me tends, je sens déjà sa taille.

– Laisse-moi entrer.

Avec une profonde inspiration, j'ajuste mes hanches pour mieux m'adapter à sa taille, et je me perds dans ses yeux gris acier. Ils m'appellent et je me laisse tomber alors qu'il s'introduit en moi, m'emplit, m'écartèle. Il se penche en avant, ses mains plaquées au sol de chaque côté de mes épaules. Il est gigantesque, et il y a un côté exaltant dans le fait qu'un tel homme me revendique.

Une chaleur liquide suinte de mon sexe, ce qui l'aide à me pénétrer plus vite. Mes orteils se crispent alors qu'il s'enfonce en moi jusqu'à la garde. J'arrive à peine à respirer, son membre m'emplit complètement.

Mon cœur martèle ma poitrine pendant qu'il entre et sort de moi, de plus en plus vite, la friction allumant une flamme entre nous.

– Je te prendrai encore et encore, jusqu'à ce que tu ne puisses plus marcher droit, jusqu'à ce que tu réalises à quel point tu comptes pour moi. À quel point tu comptes pour nous deux… jusqu'à ce qu'on t'aide à faire sortir ta louve.

Mon corps vibre de plaisir, et j'ai du mal à enregistrer ses paroles. Je gémis à chaque poussée, mais je ne me fais aucune illusion : d'une manière ou d'une autre, j'ai gagné deux âmes sœurs. J'ai entendu parler d'hommes qui avaient plusieurs femmes, mais jamais l'inverse.

Lucien me fait l'amour, me pilonne. Je me tortille sous lui, envahie de frissons.

Mon sexe frémit, et toutes les cellules de mon corps palpitent. Il se penche et passe sa langue sur mon téton durci, le titille. Je crie, le désir s'accumulant dans mon ventre.

Puis je le sens s'épandre en moi.

Je me fige alors qu'il cesse ses va-et-vient, mais il reste au-dessus de moi, cherchant mon regard.

– Tu vas nouer, n'est-ce pas ?

Pourtant mon désir me pousse à me coller, me cramponner à lui. Ma liqueur gicle à chaque fois qu'il s'enfonce en moi.

Ses yeux se révulsent, et un grognement s'échappe de ses lèvres. Sa bouche se tord, et son corps tremble sous l'intensité de ce qui arrive. Un grondement jaillit de sa gorge.

Et ma douleur s'apaise de le sentir si gonflé en moi, et ce son pénétrant qui me recouvre et s'enfonce dans ma chair.

– Tu es si serrée.

Mes douces parois intimes palpitent contre sa queue nouée, la compressent.

Il gronde, sa poitrine se gonfle, sa peau brille de sueur. J'adore l'air qu'il a, on dirait qu'il nage dans l'euphorie. Ses lèvres se referment sur mon téton, et il le prend dans sa bouche, le suce fort. De nouveau ce même plaisir, et cette même douleur s'emparent de moi. Mon orgasme revient à la charge, monte, se renforce. Et il explose en moi très vite, brouillant ma vision.

L'orgasme me déchire.

– Lucien !

Il émet un grognement affamé, ses hanches bougent tout doucement tandis qu'il palpite en moi. Je sens la chaleur, les jets qui se mêlent à mon propre orgasme. Je frémis sous lui qui continue de jouir. C'est le truc des Alphas : ils produisent une quantité phénoménale de semence, me remplissant complètement.

Je redescends de mon propre petit nuage, et une douleur me frappe en pleine poitrine. Elle n'a rien à voir avec ma maladie ou ma louve, mais c'est le rappel de la raison pour laquelle les Alphas produisent autant de semence : c'est pour augmenter les chances d'imprégner leurs partenaires.

Je reste immobile, Lucien toujours en moi. Il ne me quitte pas du regard mais ses pensées sont toujours perdues dans son propre orgasme, je le vois dans ses yeux. Il reste en moi jusqu'à ce que son sexe se relâche suffisamment pour qu'il puisse se retirer.

Au bout d'un moment, il est complètement sorti de moi.

Je m'effondre dans l'herbe, mon corps est douloureux, et mon cœur bat la chamade. La liqueur et la semence s'échappent de mon corps, et pour l'instant, je ne peux rien y faire. Quand je regarde Lucien, je vois bien plus qu'un Alpha qui a besoin de suivre son instinct.

Il me prend dans ses bras et me tient contre son

torse puissant. Je m'accroche à lui, j'inhale son odeur, et j'écoute les battements de son cœur qui martèlent sa poitrine. Je devrais être gênée d'être là, dehors, nue, d'avoir fait l'amour dans la nature. Mais dans les bras de Lucien, je me sens en sécurité, protégée. J'ai toujours la tête qui tourne, essayant de donner un sens à mes émotions et mes pensées.

Je lève les yeux vers la cicatrice en travers de sa clavicule.

– Comment te sens-tu ? demande-t-il en écartant des mèches de mon front.

– Comme si je venais d'être emportée par une tornade. (Je souris et ris à moitié.) Mais je ne comprends pas. Si j'ai été marquée par deux Alphas, pourquoi ma louve n'a-t-elle pas encore essayé de sortir ?

Il m'embrasse sur le haut de la tête.

– Tu dois te rappeler que ton corps s'est habitué à l'avoir en toi. Elle s'y accroche.

Un frisson d'effroi me saisit les tripes.

– Et si elle ne sort jamais ? Alors je reste telle que je suis. J'ai vécu comme ça toute ma vie, et je vais très bien.

J'arrive à peine à avoir les idées claires, mon corps vibrant encore de nos ébats. Mais si elle ne sort pas, alors je peux vivre comme ça. La question étant… qu'en est-il des Alphas ?

– Depuis combien de temps es-tu malade ? demande-t-il d'une voix autoritaire.

Je baisse les yeux, mais il me relève le menton pour que je le regarde.

– Meira, depuis combien de temps ?

– Toute ma vie, murmuré-je, comme si le dire à voix basse dissimulerait la vérité. Ma louve a retenu la maladie.

– Et tu as toujours vomi du sang ?

Il soutient mon regard. Je cille, et ma voix s'évanouit.

– Je ne veux pas en parler, croassé-je.

Je m'agite pour me dégager de sa prise. Je me remets debout, ramasse ma robe déchirée, passe mes bras dans les manches et la resserrer autour de ma poitrine, vu qu'il manque tous les boutons. Une liqueur chaude s'écoule entre mes jambes, et j'ai besoin de me laver.

– Meira. (Il m'attrape le bras, et m'oblige à lui faire face.) Si tu es de plus en plus malade, que se passera-t-il quand ton côté humain lâchera ?

Je baisse les yeux sur mes pieds nus, et mon cœur se brise. Je relève la tête et je me tiens droite, me donnant un air courageux, parce que je suis terrifiée à l'idée de mourir.

– Ma maman m'a toujours dit de ne pas avoir peur de la mort. Qu'on meurt tous un jour.

Mon visage pâlit au souvenir de sa perte, et parce que je ne vais peut-être pas tarder à la suivre.

Je déglutis avec difficulté, et me détourne de lui, mais il saisit mon poignet, et me ramène à lui. Mes mains s'avancent par réflexe, et se plaquent contre son torse puissant.

Il arbore une expression furieuse, le regard glacial.

– Tu sais ce qui se passe quand tu meurs ? aboie-t-il. (Je tremble dans son étreinte.) Ce sont les gens comme moi, ceux qui restent, qui finissent par souffrir, et prient chaque jour de mourir. Putain, le destin ne peut pas encore me faire ça.

Attends, quoi ? *Encore ?*

CHAPITRE 14

LUCIEN

— Qui as-tu perdu ?

Les mots tendres de Meira me touchent plus qu'elle ne pourrait l'imaginer. Elle est là à tirer sa robe bleue déchirée sur elle, à serrer l'étoffe sur sa poitrine.

Elle me regarde, attendant mon histoire à l'eau de rose. Dans ce monde misérable, tout le monde en a une à raconter. On nous appelle des survivants, mais ce n'est pas ce que nous sommes. Nous sommes les malchanceux voient ce que c'est que de vivre dans un monde dévasté qui veut nous voir morts.

— Ce n'est rien. Ne t'inquiète pas pour ça. Je n'aurais rien dû dire.

Je me lèche les lèvres, et commence à ramasser

les boutons arrachés dans l'herbe autour de nous. J'ai déchiré sa robe, donc c'est le moins que je puisse faire.

– J'ai perdu ma mère, commence-t-elle d'une voix tremblante. J'avais quatorze ans quand ils ont attaqué notre colonie. J'étais la seule survivante, alors je sais ce que ça fait que d'être celle qui reste.

Je me redresse et me tourne vers elle, juste à côté de moi, son regard franc scintillant au soleil.

– Ma mère était tout ce que j'avais au monde, reprend-elle. Alors j'ai été forcée de vivre seule dans les bois, de trouver chaque jour un moyen de survivre.

Ma gorge se serre, ma bouche s'assèche.

– Et comment se fait-il que tu sois encore aussi gentille, et équilibrée, après tout ça ? demandé-je. Les choses que j'ai vues me provoquent encore des cauchemars. J'essaie toujours de me dire qu'un jour tout reviendra à la normale. C'est comme ça que j'essaie de survivre, en me racontant des mensonges. Dis-moi que ça, ça n'est pas tordu…

Je contemple le ciel en clignant des yeux. Cataline, mon âme sœur que les Infectés m'ont arrachée, a fini par ne plus me rendre visite dans mes rêves, mais la douleur de perdre la moitié de moi-même ne m'a jamais quitté. Cela me rappelle que rien n'est éternel. Qu'être trop proche, c'est risquer un véritable désastre. J'ai peut-être été imprudent, et impatient, ou peut-être que trop de temps s'est écoulé pour que je me rappelle encore de la douleur.

Je contemple sa main dans la mienne, la fine cicatrice qui court de l'intérieur de mon poignet jusqu'à mon coude.

Elle caresse mon avant-bras tendrement, du bout du doigt. Son geste s'accompagne d'une montée d'adrénaline, de phéromones, et de l'instinct brut, primal, qui mène les métamorphes.

Je la soupçonne de n'avoir aucune idée de la profondeur de l'engagement derrière un accouplement. Elle ignore que sa vie tournera autour de celle de son partenaire et qu'être trop loin l'un de l'autre sera douloureux.

– Tu peux me parler, murmure-t-elle.

Je glisse ma main dans la sienne, nos doigts entremêlés, et je l'entraîne dans une promenade.

– C'est valable dans les deux sens, ma petite louve. Maintenant, si on allait te laver, et puis manger ? Parce que je pourrais avaler un cheval. Ensuite nous pourrons parler jusque tard dans la nuit. Ça te tente ?

Elle me gratifie d'une moue adorable, comme si

elle ne croyait pas que nous allions parler toute la nuit, mais peut-être que c'est pour moi l'occasion de m'ouvrir sur mon passé. Et de la faire parler plus de sa maladie, parce qu'à mon avis, c'est en rapport avec le fait que sa louve reste coincée.

– Eh bien, est-ce que c'est un oui ? demandé-je, ignorant la partie de mon esprit qui me dit que je devrais parler à Dušan le plus tôt possible.

Mon cœur martèle ma poitrine quand Meira s'arrête sous une fougère pour me regarder, et que le vent écarte sa robe, dévoilant son délicieux corps nu.

Je saisis rapidement le tissu, et en drape ses courbes parfaites, et elle le maintient en place avec ses mains fines.

– Qu'est-ce qui arriverait si tout le monde dans cette meute trouvait un moyen d'être immunisé contre les morts-vivants ?

Sa question me prend au dépourvu.

– Comme, je ne sais pas… imagine que tout le monde puisse vivre librement, sans avoir peur des Infectés, ajoute-t-elle.

Mes pensées filent droit vers les X-Clan, immunisés contre les Infectés.

– Je pense au nombre de vies qui pourraient être sauvées, continue-t-elle. Aller dans les bois pour chasser ne serait plus synonyme de danger. (Elle hausse les épaules.) Je ne sais pas. C'est juste que je réfléchis à haute voix. C'est vraiment idiot.

Je détecte un soupçon d'agacement dans sa voix.

– Tu as un cœur pur, Meira. Tu veux connaître mon point de vue, honnêtement ?

Elle hoche la tête et me regarde, dans l'expectative.

– Si un tel remède existait, la bataille pour mettre la main dessus se terminerait en bain de sang.

Elle se raidit et son sourire s'évanouit quand elle réalise qu'un tel pouvoir pourrait facilement entraîner les loups dans une guerre.

Des ombres se creusent sous ses yeux, qu'elle baisse en secouant la tête.

– J'aimerais penser que les loups valent mieux que ça, pas toi ?

Les combats brutaux dont j'ai été témoin entre des métamorphes rien que pour occuper la position d'Alpha dans une meute, les coups de poignard dans le dos de la hiérarchie, les souffrances que tant d'entre eux ont causées pour réussir n'est pas le signe d'une société prête à vivre en harmonie. Sous un régime strict comme celui de Dušan, ce serait possible, mais cela ferait de notre forteresse une cible pour chacune des autres meutes. Nous aurions besoin d'un lieu qui nous rende intouchables.

– Peut-être, et j'espère vraiment que tu as raison, réponds-je. Mais d'abord, il faut trouver ce remède, n'est-ce pas ? Allez, rentrons.

Nous traversons les bois de la colonie, et Meira reste particulièrement silencieuse. J'ai tellement de questions à lui poser sur son passé, sur les choses qu'elle aime, et nous avons le temps d'apprendre à nous connaître à présent.

Une fois à l'intérieur, nous descendons et gagnons rapidement la salle de bain communautaire. Là se trouvent deux femmes Beta, dans l'eau fumante. Elles inclinent la tête à mon arrivée, et poursuivent leur discussion. Je guide Meira vers les douches à l'arrière, m'assurant d'abord que la pièce est vide.

– Je vais monter la garde ici. Il y a des serviettes propres là-dedans. Je vais demander à ce qu'on t'apporte des vêtements aussi.

Elle s'avance vers moi, et son expression me suggère qu'elle est sur le point de me demander quelque chose. J'interprète peut-être mal les signaux, mais les mots s'échappent tous seuls de mes lèvres.

– Tu veux que je te rejoigne ?

Elle me répond d'un gloussement avant de s'engouffrer dans une cabine de douche.

Je regarde dans sa direction, et me gratte la tête. Est-ce que c'est un oui ?

Dušan

– *A*nder, réponds-je à l'appel en m'asseyant dans mon fauteuil en cuir derrière mon bureau.

L'Alpha du X-Clan ne me salue pas, mais se contente de me fixer à travers le chat vidéo. Il n'est pas seul, l'un des siens se tient à ses côtés. Quelque chose ne va pas, et la tension durcit mon estomac.

– Il a été porté à mon attention que ton Second, et Caspian ont volé douze fioles de mon sérum pour créer les Loups du X-Clan, finit par lâcher Ander, avec un calme surprenant.

Un frisson me traverse.

– Putain, je vais les tuer ! balancé-je, regrettant de perdre si facilement mon sang-froid.

Je me réfrène, me ressaisis. Leurs actions me font l'effet d'un coup de poing dans le ventre. Je vais assassiner Mad. Jamais je n'aurais dû lui faire confiance. J'aurais dû exiger qu'il rentre à la maison à la minute où ils avaient fait leur livraison.

Les pensées se bousculent dans mon esprit, sur le but que poursuit Mad en volant ce sérum. L'équipe d'Ander utilise le sérum pour créer des Loups du X-Clan à partir d'humains.

Remuant sur mon siège, mal à l'aise, je réponds :

– Ander, je ne suis absolument pas au courant de ça, et je te jure sur ma vie que ça n'a pas été coordonné sous mes ordres. (Un grondement résonne dans ma poitrine, et mes poings se serrent.) Ce que Mad et Caspian ont fait, ils l'ont décidé de leur propre volonté. Jamais je ne compromettrais notre partenariat de cette façon.

Ses yeux dorés me transpercent et je redresse les épaules.

– Quel avantage aurais-je à te voler ? souligné-je.

Je réalise soudain que Mad doit chercher un moyen d'immuniser les Loups Cendrés contre les

Infectés, étant donné que X-Clan ne sont pas affectés. Il doit penser que la solution se trouve dans ce sérum. Cela fait des années que nous parlons d'essayer de trouver un remède.

L'enfoiré! Mais pourquoi ne m'en a-t-il pas parlé avant de tenter un coup pareil ?

– Je ne veux pas compromettre nos échanges, déclare Ander. Et je crois sincèrement que tu n'étais pas au courant de leurs agissements.

– Je vais m'occuper personnellement de ce problème, et je te rendrai le sérum. Tu as ma parole. Je suppose qu'eux deux ont déjà quitté votre enceinte ?

Je suis tellement furieux que ma peau me brûle.

Il hoche la tête et nous continuons de discuter de la gravité de la situation, et de la façon de mieux sécuriser nos échanges à l'avenir. Je bous intérieurement, tout près d'exploser. Quand je mettrai la main sur ces deux-là, ils auront de la chance s'ils revoient la lumière du jour.

CHAPITRE 15
BARDHYL

La sueur coule dans mon dos à l'instant où j'entre dans la salle de bains. Des volutes de vapeur s'échappent du bassin et la première chose sur laquelle s'attarde mon regard, ce sont ces deux jeunes femmes Beta qui discutent dans un coin. Beaucoup se servent de cet endroit pour décompresser. Elles se font face, dans l'eau jusqu'au cou, et ce n'est que quand elles tournent la tête dans ma direction qu'elles s'inclinent.

Je n'ai aucun lien à nouer avec les femmes Beta. Elles ne sont pas compatibles avec les Alphas… tout se résume à un nœud. Leurs corps ne produisent pas les phéromones qui déclenchent le nœud, et le gonflement. Il y a quelque temps, Dušan m'a raconté une histoire barbare au sujet d'une femme Beta de notre meute, violée par un groupe d'Alphas. Ils avaient enfermé la fille de la femme dans la pièce, pour exciter l'Oméga en elle et leur permettre de nouer. Mais le truc, c'est que les Betas ne sont pas conçues pour le nœud de la même façon qu'une Oméga.

Après ça, la pauvre femme est morte, et sa fille, Daciana, n'a plus été que l'ombre d'elle-même. Dušan n'a pas eu d'autre choix que de l'envoyer au X-Clan, car il lui était absolument impossible d'accepter de vivre avec les Loups Cendrés après cette horrible épreuve. Dušan avait massacré les Alphas à mains nues quand il l'avait découvert. Et j'aurais fait la même chose, mais j'aurais pris mon temps, pour qu'ils ressentent bien toutes les atroces douleurs.

D'après ce que j'en sais, Daciana est plutôt satisfaite de sa nouvelle vie dans la meute d'Ander maintenant.

En passant devant le bain, je croise le regard de Lucien, de l'autre côté de la pièce. Il est adossé au mur de briques, mais se redresse à mon approche.

– Tu reviens te baigner avec les femmes ? plaisante-t-il, tandis que nous échangeons une tape amicale sur l'épaule.

– Peut-être que je reviendrai quand les Omégas se baigneront.

Je souris, et lui adresse un clin d'œil. Jusqu'à ce que les Omégas trouvent leur partenaire, rien ne les empêche de prendre du bon temps.

– Alors tu m'as pisté. Qui me cherche? demande-t-il.

– C'est difficile de ne pas te pister, mon pote. Je la sens partout sur toi, et toute la meute parle de toi qui te tapes l'Oméga de Dušan dans les bois.

– Merde! (Il se passe une main sur la bouche.) Donc je suppose que Dušan a demandé après moi?

J'acquiesce.

– Mais va voir Mariana d'abord. Elle a les résultats sanguins que vous avez demandés pour Meira. Mad était dans son labo aussi, à étudier les résultats. Quand je l'ai questionné, il m'a dit d'aller me faire voir.

Lucien se raidit.

– Cet abruti est de retour? crache Lucien. Dušan est au courant?

– Bien sûr que non. Ce rat sournois est rentré sans avertir personne. Je l'ai vu parce que je suis allé voir comment allait Mariana après le décès de sa mère.

– Bon sang, tout ce merdier va exploser, et Dušan va être furieux.

Lucien secoue la tête, et la fureur déforme ses traits. Son cou se tend, ainsi que le nerf sur sa tempe.

– D'accord, tu restes ici, et tu raccompagnes Meira à sa chambre quand elle a fini de prendre sa douche.

– Non, c'est toi qui y vas. Je prends le relais, dis-je.

Il m'adresse un signe de tête, et sort de la salle de bain. En vérité, Dušan a demandé à voir Lucien au sujet d'une conversation qu'il a eue avec l'Alpha du X-Clan. Je doute même que notre Alpha ait mis le nez hors de son bureau, ou discuté avec quiconque ce matin pour entendre les rumeurs qui courent. En vérité, je ne suis pas surpris, depuis que la petite rencontre que j'ai eue avec Meira m'a totalement fasciné. J'ai vraiment fait tout ce qui était en mon pouvoir pour résister à la tentation de revenir vers elle… À l'évidence, Lucien a échoué.

Au Danemark, il est commun pour une femme d'avoir plusieurs partenaires. La question est de savoir si Dušan est ouvert d'esprit à ce sujet, parce que, par ici, c'est plutôt inédit.

Un mouvement dans la salle de douche attire

mon attention vers la porte qui s'ouvre. Meira en sort, habillée de vêtements propres, une robe violette pendue à son bras. Elle a dégagé ses cheveux humides de son visage. Un legging noir couvre ses superbes jambes musclées, et un haut moulant bleu au décolleté profond épouse toutes les courbes de ses seins parfaits.

Je ne dis pas un mot, j'attends que son regard croise le mien.

– Hé, Jolies Jambes !

Mon regard se porte sur la goutte d'eau qui tombe de ses cheveux et roule sur son épaule pour finir dans son décolleté.

Mon pouls bat furieusement dans mon cou, et mon entrejambe me fait souffrir.

– La dernière fois que je t'ai vu, tu m'as poussée dans une maison.

J'arque un sourcil.

– Tu es tombée à l'intérieur après m'avoir embrassé.

Ses joues déjà rosies se mettent à rougir, j'adore la voir ainsi et me demande si la couleur est identique quand elle fait l'amour. Cette pensée fait se tendre mon sexe dans mon pantalon.

Elle lève haut son menton, dents serrées.

– Où est Lucien ?

– T'es coincée avec moi, mon chou. Il a dû aller voir Dušan.

Ses yeux s'écarquillent, elle se raidit et ses lèvres s'écartent, mais aucune question n'en sort. Je sais exactement ce qu'elle veut me demander, mais les mots ne lui viennent pas.

– Viens. Je vais t'escorter à ta chambre.

Elle m'examine d'un regard perçant, puis me demande :

– Peut-être qu'on pourrait aller s'asseoir un peu dehors ? C'est étouffant de rester à l'intérieur par une si belle journée.

J'entends la peur dans sa voix.

– Bien sûr, réponds-je.

Je prends sa robe violette que je dépose dans un panier pour le lavage commun. Puis nous sortons de la salle de bains, et tournons à gauche dans le hall. Nous passons devant un couple dont les murmures nous parviennent.

– Elle est déjà avec un autre homme ?

Je secoue la tête devant les moulins à ragots dans cette colonie.

– Dušan est très possessif, mais c'est aussi un Alpha généreux, dis-je à Meira qui n'a pas eu l'air de remarquer le couple.

– Pourquoi tu me dis ça ? Il y a quelque chose

dont tu veux me parler ?

Elle joue avec la pointe de ses longs cheveux bruns.

– Est-ce que *toi* tu as quelque chose à me dire ?

Elle ricane à moitié en me regardant, puis, au moment où nous atteignons une alcôve voûtée, elle se tourne rapidement vers moi.

– Tu es au courant, pas vrai ? À mon sujet, avec Dušan et Lucien. Je le vois à ce sourire que tu tentes de dissimuler. Alors dis-moi… Est-ce que Dušan va faire du mal à Lucien ? Bon sang, tu sais forcément quelque chose. Tu dois me le dire.

Sa voix monte dans les tours et sa panique accélère mon pouls. Je lève les mains en l'air en signe de reddition, et lui adresse un petit sourire.

– Eh bien, je sais qu'une fois qu'un loup se lie à un autre loup, c'est pour la vie. Et je sais aussi que jusqu'à ce que tu subisses ta première transformation, aucun Alpha ne peut vraiment te marquer comme sienne, même si vous êtes des âmes sœurs, ni empêcher les autres d'essayer de te marquer comme leur partenaire de rut.

L'adrénaline bourdonne dans ma tête, en même temps que mon loup me presse pour être libéré. Il voit tellement de choses en Meira… J'avais espéré que mes premiers sentiments n'étaient qu'une attirance physique. Sauf que je n'avais jamais senti une telle intensité me faire frissonner à ce point.

Sa respiration est saccadée, elle la ressent aussi. Elle recule, choquée, les yeux écarquillés.

À la hâte, elle se précipite devant moi, prenant garde de ne pas me toucher. Je la rejoins devant l'entrée arrière de la forteresse, qui donne sur les bois de la colonie.

Avant que nous ne tournions dans cette direction, un cri déchirant fend l'air.

Meira tressaille, et se cogne à moi. Je referme mon bras autour de sa taille, la tiens serrée contre moi.

Puis une explosion de cris, suivis de ce qui ressemble à une débandade, étouffe tous les sons. Mon cœur me remonte à la gorge. Deux mâles Beta surgissent de la porte voûtée, effrayés.

J'ai un rush d'adrénaline, et me tourne vers Meira.

– Cours à l'étage jusqu'à ta chambre. Enferme-toi, et n'en sors pas.

Elle tremble.

– Qu'est-ce qui se passe ?

– C'est ce que je vais découvrir. File !

Je la fais pivoter par les épaules, et la pousse vers l'escalier. Elle agrippe la rambarde métallique et se précipite dans l'escalier, me jetant par-dessus l'épaule un regard apeuré.

– Je reviendrais te chercher. Va-t'en ! hurlé-je.

Elle se retourne et fonce à l'étage, pendant que je me rue dehors pour comprendre ce qui se passe.

Meira

La panique me martèle la poitrine. Je connais cette manœuvre. Je l'ai vue bien trop de fois, et je ne crains pas pour ma vie. J'ai peur pour cette meute, et pour les Alphas auxquels je ne parviens pas à résister.

Je m'arrête brutalement au milieu des marches et fais demi-tour, sans trouver trace de Bardhyl. Il est parti.

Des hurlements terrifiants éclatent au-dehors, accompagnés de cris et de ces grognements qui me hérissent le poil, et que je ne connais que trop bien. Un total tohu-bohu fracasse mon monde.

Je m'accroche à la rambarde, jambes tremblantes. Le sang quitte mon visage, parce que nous sommes supposés être en sécurité dans cette meute. Les hauts murs métalliques, les Alphas puissants, les gardes armés. Bon sang, ils m'avaient promis la sécurité !

Ça ne peut pas encore arriver... je vous en supplie, pas encore.

Je dois bouger, mais durant quelques secondes, je suis paralysée, car je me souviens d'avoir perdu ma mère, du massacre dans la colonie, et de tous ces corps.

Mon cœur se serre sous le coup d'une douleur atroce, mes yeux se remplissent de larmes tandis que chaque parcelle de chagrin que je conservais me déchire le cœur.

Je ne parviens qu'à visualiser Maman sur le sol, du sang jaillissant de l'énorme entaille à sa gorge. Mes joues ruissellent de larmes brûlantes, et, rageuse, je les essuie de mes doigts.

Vite et sans bruit.

Mais je ne me cacherai pas.

Avant de changer d'avis, je dévale les escaliers, et me précipite dehors. Les bois internes à la colonie sont juste devant la porte.

Des métamorphes se battent pour leur vie parmi les arbres, des loups sous leur forme animale. Sur ma gauche, la clôture est éventrée, comme si quelque chose avait foncé au travers.

Les morts-vivants se déversent dans la colonie à une telle rapidité que j'en ai le tournis – rien n'arrête les Infectés. Haillons déchirés, peau abîmée, blessures mortelles, membres arrachés – rien n'arrête les Infectés.

Le froid m'envahit, et j'arrive à peine à respirer. Mes mains tremblantes agrippent mon ventre, empoignent le tissu de mon t-shirt, et le tordent sous le coup de la terreur.

Une femme tombe à genoux devant moi, et un mort-vivant décharné se précipite sur elle.

Mon cœur fibrille et l'instinct prend le dessus. Je me précipite et arrache une branche du sol, puis la balance sauvagement à la face de la créature avant qu'elle n'ait le temps de mordre la femme.

La chose titube en arrière, laissant à sa victime le temps de s'enfuir. Pour faire bonne mesure, j'abats le bâton dans la figure de la créature, encore et encore, avant de l'y enfoncer, lui crevant l'œil et atteignant le cerveau. Ça fait comme un bruit d'éclaboussure, quand le Monstre de l'Ombre tait et s'effondre. Je m'éloigne en titubant de la créature vraiment morte maintenant, ravalant la boule qui s'est formée dans ma gorge.

Je m'enfonce en courant dans la forêt, et j'aide ceux que je vois en difficulté du mieux que je peux : avec des pierres pour écraser la tête des morts-vivants, des branches, n'importe quoi pour mener ce combat.

Un hurlement déchirant éclate, et je tressaille en voyant Bardhyl arracher sa chemise, son corps se transformant déjà pour prendre la forme du plus grand loup que j'aie jamais vu. Il a une fourrure blanche, et des oreilles à pointes noires, il est magnifique quand il lève la tête pour pousser un hurlement.

Un homme sans lèvres, au bras gangrené, se précipite derrière lui, mais Bardhyl se retourne en un clin d'œil et balance sa patte massive sur le monstre, lui déchiquetant le torse jusqu'aux os. Un autre coup de patte, et c'est sa tête qui est arrachée. La créature sans tête s'effondre et se tortille, la moitié de sa cage thoracique brisée offerte à la vue.

Un autre Monstre de l'Ombre, traînant derrière lui ses entrailles, s'élance vers l'Alpha. Je vais être malade, mais je fonce malgré tout pour contrer l'attaque, plongeant mes mains dans le torse osseux au moment où il atteint Bardhyl. Je le fais tomber au sol dans l'élan, et martèle sa tête à l'aide de ma pierre, encore et encore, son sang et ses entrailles se répandant partout.

Je m'écarte de lui, nauséeuse devant cette vision

d'horreur, et respire à grandes goulées. Bardhyl me frôle, ses yeux plissés, et je vois de la résignation dans son regard, il sait qu'il faut attaquer notre ennemi. Puis il s'élance vers une horde de morts-vivants qui arrivent.

Je ne perds pas un instant, et fonce vers le trou dans la clôture, pour essayer d'une façon ou d'une autre d'empêcher que d'autres pénètrent dans la colonie.

Je passe devant les morts-vivants, et me précipite entre les arbres, dépassant les métamorphes qui se battent.

La clôture, tordue et déformée, est pliée vers l'avant : il est clair qu'elle a été enfoncée par un véhicule.

Quelqu'un m'agrippe le poignet et m'attire à lui agressivement – mon cœur s'emballe.

Je lève la pierre tachée de sang au-dessus de ma tête tout en trébuchant pour reprendre mon équilibre – fais face à un Alpha aux cheveux blancs, celui de l'avion duquel je me suis échappée il y a des semaines.

– Mad ! haleté-je.

Mais que fait-il ici ?

Il me frappe le dos de la main, et ma pierre m'échappe.

– Alors finalement, Dušan t'a trouvée.

Il hume l'air puis sourit, respirant les odeurs des Alphas sur moi. Tu n'as pas perdu ton temps, hein, pétasse ?

Je lui balance mon poing dans le torse, puis une claque de ma main libre, mes ongles écorchant sa joue, éraflant sa peau.

La fureur tord ses traits en une pure laideur. Il balance son poing qui atterrit sur le côté de ma tête.

Mes jambes se dérobent et je tombe au sol ; mon visage n'est plus qu'une explosion de douleur qui se répercute dans mon crâne. Tenant le côté blessé de ma tête, je souffre le martyre.

Il m'attrape par les cheveux et me hisse sur mes pieds. Je tire à mon tour sur mes cheveux, en sens inverse, pour stopper la douleur. Des larmes coulent sur mon visage. Le poing serré dans mes cheveux, il me secoue violemment la tête, le visage collé au mien. Ses yeux bleu glacier me transpercent de leur venin.

– Je sais ce qu'il y a dans ton sang, pourquoi les Infectés ne te touchent pas. Tes tests sanguins révèlent tout. (Il me crache les mots à la figure.) Mais je ne peux pas te laisser ruiner mes plans, Meira. Je ne peux absolument pas te laisser faire.

Il saisit ma mâchoire dans sa main, et serre. Je gémis de douleur, et de peur de ce que cet Alpha pourrait me faire. Ce regard avide qu'il me jette, c'est la raison pour laquelle je ne veux pas que quiconque découvre la vérité. Pourquoi je ne dis à personne que je suis immunisée contre les morts-vivants.

Quelqu'un me tape dans le dos, et je suis projetée contre Mad. L'espace d'un instant, sa prise glisse. Je repousse son torse des deux mains et le fais chanceler.

Je pivote sur mes talons, et me catapulte vers le flot de morts-vivants. Mad se relève en se retournant, et ses yeux crachent de la haine, les poings serrés, mais comme les morts-vivants se tournent vers lui, il bat en retraite et se met à courir.

Le besoin de m'échapper palpite dans mon crâne. Je ne serai jamais en sécurité ici, pas avec des loups comme lui, qui me voit comme une opportunité une fois mon secret découvert.

Les paroles de Lucien me traversent l'esprit : « *Si un tel remède existait, la bataille pour mettre la main dessus se terminerait en bain de sang.* » Il avait raison. Les loups tueront pour me mettre la main dessus...

Je me maudis, et me frappe la tête de la paume. *Idiote. Idiote. Idiote.*

Pourquoi me suis-je autorisée à penser que cet endroit pourrait être différent ? Pourquoi me suis-je rapprochée des Alphas ?

Mes pieds sont déjà en train de reculer vers la clôture brisée derrière moi. Mon cœur se brise lentement.

Ces morts-vivants, la cause de l'horrible état du monde, passent devant moi, me sauvant sans le savoir.

Je lève les yeux vers la bataille, et vois Dušan et Lucien qui me fixent depuis la porte de la forteresse. Ils me voient traverser la marée d'ennemis sans être attaquée.

Une armée de morts-vivants se faufile entre nous, d'autres entrent dans la colonie, passant devant moi.

Et les Alphas le voient maintenant. Ils le voient, mon véritable secret. Celui qui fera de moi un rat de laboratoire.

L'adrénaline se rue dans mes veines, et la nausée assombrit mes esprits.

Je ne peux pas être ici. Je ne peux pas amener la guerre dans leur foyer.

Mon cœur se brise en mille morceaux, partagé entre l'envie de m'échapper pour que leur meute n'entre pas en guerre, ou de rester pour les aider à sauver la colonie.

Ma gorge se serre et le lien que j'ai avec les Alphas me manque déjà. J'ai soif de notre intimité. J'adore que Dušan ait fait de son mieux pour me protéger. Ma tête oscille entre deux directions.

Je frissonne en repérant Mad qui m'observe depuis un balcon de la forteresse... C'est une sangsue cancéreuse, et je sais qu'il fera tout pour me détruire, même si ça implique de détruire la meute.

Je me redresse, et tourne les talons pour m'enfuir de la colonie. C'est ce que j'aurais dû faire à l'instant où je suis arrivée ici.

– Meira ! La voix de Dušan s'estompe dans mon dos.

Je ne peux pas rester là. Je ne peux pas risquer qu'ils perdent tout. Les Alphas sont forts. Ils se battront à coups de griffes et de dents.

La douleur de les laisser derrière moi me presse le cœur, mais je m'enfuis malgré tout. Je n'arrêterai jamais.

Vite et sans bruit.

Dušan

Elle est partie, et tout ce que j'ai vu dans avant qu'elle s'en aille, c'est la peur dans ses yeux. Les Infectés sont passés devant elle comme si elle n'existait pas. Je m'élance, mais Lucien m'attrape par le bras et me retient.

– Dušan, j'ai eu les résultats sanguins de Meira, ceux de l'échantillon que j'ai réussi à lui prélever à son arrivée.

Lucien s'étouffe sur ces mots.

– Et ? balancé-je, incapable de m'empêcher de scruter les bois.

J'ai besoin qu'on me remette les idées en place. Je dois me battre pour mes loups. Ça peut attendre. Mais je ne peux pas perdre Meira. Ma respiration se fait hachée.

– Merde, contente-toi de m'écouter, rien qu'une seconde. (Il prend une grande respiration.) Meira a une leucémie. Et elle se propage à travers sa forme humaine. Mariana dit que sa maladie, mélangée à son côté louve, l'immunise contre les Infectés.

Je secoue la tête, essayant de bien comprendre ses paroles, puis je me tourne vers mon Troisième. Je la sens partout sur lui, et je serre les poings. Ma fureur m'empêche d'avoir les idées claires.

– Et alors, quoi ? Son sang malade est immunisé contre les morts-vivants ? Elle est le remède dont tout le monde rêve, et qui pourrait aider toute notre meute ? Une solution qui pourrait amener la guerre à nos portes quand tout le monde apprendra son existence ?

– Oui. Mais il y a un problème.

Je déglutis avec difficulté, et grogne.

– Qu'est-ce qui pourrait bien pire ?

– La leucémie se répand rapidement dans son corps humain, et il ne lui reste plus beaucoup de temps avant que son corps ne meure. C'est alors sa bête sortira.

Il me fixe, et nous pensons tous deux à la même chose, avant même qu'il ne la formule à voix haute :

– Il ne restera plus rien d'elle.

Mon cœur se brise en deux, et le monde s'estompe autour de moi. Toutes les émotions me percutent en même temps : colère, frustration, peur, chagrin. Elles me saisissent, me déchirent les entrailles pendant que les paroles de Lucien résonnent en boucle dans ma tête. Le désordre qui va s'ensuivre, ajouté au retour de Mad, et à la rupture fortuite de notre clôture, tout cela combiné me fait bouillir le sang.

– Il lui reste combien de temps ?

Je serre mes poings plus fort, et mes jointures blanchissent.

– Une semaine ou deux, tout au plus, d'après Mariana. Je suis surpris qu'elle ait survécu aussi longtemps, dit-il d'une voix tendue.

Le silence s'installe entre nous. Je ne pense qu'au désir dans mon cœur, ce désir intense qui me rappelle qu'elle est destinée à être l'une d'entre nous.

Et elle s'est enfuie parce qu'elle savait qu'on avait découvert son secret.

Putain de merde, Meira. Pourquoi t'enfuir ? Aucun secret ne pourrait nous empêcher de te désirer.

– Enfoiré ! (Un hurlement s'échappe de ma gorge.) Lucien, massacrons tous ces enfoirés d'Infectés. Ensuite, nous irons revendiquer notre partenaire.

Les yeux de Lucien s'agrandissent sous le coup de la surprise, mais il acquiesce.

– On est ensemble sur ce coup.

Un cri terrifiant retentit dans l'air, et nous nous précipitons tous les deux dans sa direction. Devant nous, le nombre grandissant de morts-vivants est terrifiant... Je n'en ai jamais vu autant près de notre colonie. Les loups courent dans toutes les directions. Le chaos déferle sur notre foyer.

Des frissons me montent à la tête, et je prie la lune de vivre pour voir un nouveau jour se lever. Avec un regard vers Lucien, nous plongeons tous deux dans la bataille.

Découvrez Attirée par les Loups dès aujourd'hui !

ATTIRÉE PAR LES LOUPS

Ce n'est qu'une question de temps avant que je ne les détruise tous...

Une louve enragée et assoiffée de sang n'est pas la seule chose mortelle en moi. Alors je dois faire ce que j'ai toujours fait de mieux. Courir.

La seule solution à présent, c'est de quitter mes Alphas, et le tout premier sentiment amoureux que j'aie jamais ressenti.

Et même quand le Destin s'en mêle et nous rassemble tous, y compris un nouvel Alpha sexy, qui a ses propres problèmes, je ne peux pas rester. Même si ça me tue de partir.

La douleur d'être loin d'eux va littéralement me tuer, mais peu importe ce qu'il advient de moi, je ne peux pas leur faire payer ma faiblesse.

Je ne peux pas me sauver moi-même, mais je peux les

sauver, eux. Je peux les empêcher de voir ce que je vais devenir…

Mais mes Alphas dominants sont de très bons chasseurs, et je ne suis qu'une faible proie… et ils sont déterminés à me garder. Quoi qu'il en coûte.

Découvrez Attirée par les Loups dès aujourd'hui !

CHAPTER 1
ATTIRÉE PAR LES LOUPS

—Ne pleure pas. Ne t'avise pas de pleurer ! marmonné-je à voix basse.

Mais un sanglot reste coincé dans ma gorge et mes entrailles se déchirent en lambeaux, terrassées par le chagrin.

Je cours à travers la forêt pour sauver ma vie, sautant par-dessus des troncs d'arbres morts, plongeant sous les branches basses, sans jamais m'arrêter. Des hurlements et grognements résonnent dans la forêt derrière moi, et je ne peux cesser de trembler.

Je ne pense qu'à mes Alphas. Les deux hommes auxquels je me suis offerte, qui m'ont protégée, qui m'ont marquée. Et maintenant, je les fuis. Mais je n'ai pas le choix... parce qu'ils connaissent la vérité.

J'essaie d'effacer les images du carnage entre les Loups Cendrés et les Monstres de l'Ombre, mais elles sont ancrées dans mon esprit. Je me rappelle que je suis immunisée contre les infectés qui ravagent ce monde, et que rester avec les Loups Cendrés ne peut qu'amener la guerre à leur porte. Chaque loup métamorphe voudra se battre pour me revendiquer, croyant que d'une façon ou d'une autre, je pourrais le rendre résistant au virus. Je ne sais même pas si c'est vrai, mais cela n'empêchera pas les loups d'essayer. Le désespoir mène tout le monde à la folie.

Je me souviens de Lucien disant : « *Si un tel remède existait, la bataille se terminerait en bain de sang.* » Il a raison... et je refuse d'être responsable d'avoir déclenché une guerre parmi les loups. Cela n'aide pas que je sois mi-humaine, mi-louve, et que je n'aie pas encore fait ma foutue première transformation en louve. Même pas après avoir été marquée par deux Alphas, avec qui je me suis aussi accouplée.

Cela fait de moi un handicap. Si ma louve décide de se montrer, elle me déchirera, me tuera, et ensuite, elle assassinera tous ceux qui se trouveront sur son passage. Pour ces deux raisons, je m'enfuis, afin d'épargner à tous les atrocités que je pourrais ramener dans leur foyer. Ma fuite leur offre l'opportunité de m'oublier, et peu importe que la peur m'enserre la gorge à l'idée de ne plus jamais revoir mes Alphas.

Mes yeux s'emplissent de larmes, et je frissonne.

Je fais ce qu'il faut faire.

À l'intérieur, je me sens comme une merde de m'enfuir, mais je sais aussi reconnaître une opportunité de sauver des vies quand j'en vois une. Je n'appartiens pas à cette meute. Mon cœur a beau se briser en signe de protestation, il faut que je me montre intelligente, et que je réfléchisse aux conséquences de mes actes. Le nœud au creux de ma poitrine se resserre, je laisse couler mes larmes et mon souffle se transforme en cris étouffés.

Un océan de morts-vivants se déverse sur la forteresse de Dušan. Une brèche s'est ouverte dans le mur, et maintenant les monstres envahissent son enceinte. Mes tripes se tordent à l'idée de la mort de ces innocents, mais les Loups Cendrés sont les enfoirés les plus coriaces que j'ai jamais rencontrés. Si quelqu'un peut survivre à un tel assaut, c'est bien eux.

Des grognements sauvages éclatent dans ces bois normalement silencieux.

J'ai l'impression que ma poitrine s'ouvre et saigne à la souffrance de m'être esquivée. Une soudaine poussée de douleur me traverse le corps, s'intensifiant à chaque respiration. Sauf que je peux pas me permettre d'être malade, pas ici, pas maintenant ; alors je lutte pour surmonter cette douleur lancinante.

Chaque souffle rauque me coûte, mais je continue de courir, même si j'ai l'impression de n'être plus que du verre brisé.

Des infectés efflanqués me percutent, dans leur frénésie à atteindre la meute de loups. Je me fraie un chemin à coup d'épaule parmi eux, les repoussant sur les côtés, puis je ramasse une grosse branche, grimaçant à cause de la douleur qui me perfore le flanc. Mais je ne perds pas un instant. Avec elle, j'abats quelques créatures, les frappe au visage, les fais tomber sur le dos. Puis j'enfonce la branche dans des cerveaux mous et spongieux, et le bruit gluant me donne la nausée. J'en détruis une demi-douzaine, avant que le groupe qui se dirige vers la meute ne disparaisse derrière moi. Je laisse tomber ma branche, couverte de substance gluante et de sang, et fonce droit devant moi.

J'entends résonner des hurlements et des cris de guerre, mais je ne regarde plus en arrière. Les Loups Cendrés font partie de mon passé, et je ne peux qu'aller de l'avant. Ce sera ma seule façon de survivre, même avec le cœur brisé. Ce n'est pas le moment d'avoir des états d'âme. Je dois être forte et rationnelle dans chacune de mes actions.

Mes poumons douloureux réclament de l'oxygène quand j'atteins les sous-bois. Je reprends mon souffle près d'un chêne immense, les mains sur les genoux, penchée en avant, aspirant de grandes goulées d'air. J'ai la respiration sifflante, je suis trempée de sueur, tous mes muscles tremblent. Je serre fort les paupières, sentant les larmes monter, et je m'entoure de mes bras, trébuchant sur l'arbre dans mon dos.

Je repasse le temps passé avec les Alphas dans mon esprit, et les souvenirs ne cessent d'affluer. J'ouvre les yeux sur les arbres et les buissons qui m'entourent ; les bruits de la guerre ont laissé place à un silence total, troublé seulement par le cri occasionnel d'un oiseau. Aucune odeur de loup ni d'infecté. Malgré tout, la culpabilité de ne pas les avoir aidés plus pèse lourdement sur mes épaules.

« *Aider les autres est une faiblesse* » avait dit une femme avec qui j'avais partagé une grotte autrefois.

« Quand le danger arrive, tu fuis. Prends soin de toi, car personne d'autre ne le fera. »

J'entoure mon ventre de mes bras, me rappelant le regard persistant de Lucien quand il m'avait parlé de son passé, quand il m'avait serré si fort contre lui que le désir m'avait coupé le souffle. Dušan m'avait fait ressentir des choses que personne d'autre ne m'avait jamais fait ressentir, et m'avait promis de me protéger.

Je m'étais laissée aller à les croire, mais je me trompais, et je les trompais aussi. Maman avait l'habitude de dire que les promesses ne sont que des déceptions en attente.

Je prends de profondes inspirations, et reste sans bouger assez longtemps pour me remplir les poumons. Je suis épuisée de toutes ces pensées, et ne peux pas me permettre de les laisser m'obnubiler ; alors je redresse les épaules et me fais la promesse de tout oublier. Comme je l'ai déjà fait avec tout le reste de ma vie.

Sauf que j'ai la gorge serrée, et que des larmes me brûlent les yeux. Je les chasse d'un battement de paupières, et contemple une pierre en face de moi, qui brille sous l'éclat du soleil. Je distingue tout, la moindre fissure… chaque fourmi qui s'en échappe. Je me frotte les bras, me rappelant à quel point j'ai été proche de me transformer… et combien je sens encore ma louve remuer en moi. Mais je ne parviens pas à la convaincre de faire son apparition, même avec l'aide des Alphas.

Je n'ai besoin de personne. Je n'arrête pas de me le répéter comme un mantra, espérant que l'idée finisse par m'imprégner. Je m'écarte de l'arbre et m'élance à petites foulées, mettant encore un peu plus de distance entre eux et moi… *Vite et sans bruit.*

Le reste de la journée, je reste en mouvement, sans savoir où je vais aboutir. Mais cela n'a aucune importance, du moment que c'est aussi éloigné que possible des loups. J'ai vécu sans eux jusqu'à présent, et je peux continuer de la sorte.

Mon cœur bat la chamade rien qu'à cette idée.

Au moment où le ciel s'assombrit à l'approche du soir, je chancelle, à peine capable de tenir debout, et m'arrête près d'une rivière. Je ne reconnais pas l'endroit, et j'ignore à quelle distance je me trouve de là où je vivais auparavant. Cet endroit que j'avais repéré, où je savais que je serais à l'abri des loups sauvages. Mais ici, je suis une cible facile.

Je tombe à genoux devant la rivière, et je m'asperge le visage, avant de boire.

Une branche craque sur la rive opposée, et je

relève brusquement la tête, figée sur place. Mais ce n'est qu'une infectée qui titube. Une jeune fille, elle doit avoir treize ans, et porte des haillons, et une seule chaussure. Ses tresses sont emmêlées, souillées de taches sombres. Les yeux sans vie, elle s'attarde sur place, comme si elle essayait de sentir où se trouve son prochain repas. Un animal, un humain, un loup métamorphe. C'est du pareil au même pour elle. Mais on n'entend que le cri d'un oiseau dans ces bois.

Son regard me traverse comme si j'étais comme elle, indétectable, inexistante. Je me relève et balaie la poussière sur les genoux de mon legging noir. De l'eau macule mon cache-cœur bleu.

Je scrute les arbres en quête du meilleur endroit où dormir. Là-haut, je suis à l'abri des loups sauvages, et des autres créatures qui rôdent la nuit dans les bois. Je n'ai pas d'armes pour me défendre, alors je bouge vite, je n'ai pas de temps à perdre. Je me lance dans l'escalade, je m'aide de l'écorce rugueuse et des branches basses pour grimper le long du tronc d'arbre, jusqu'à atteindre une plate-forme naturelle formée par trois branches. À au moins six mètres du sol, je m'assieds, dos contre le tronc, et je plie mes jambes devant moi. Ce n'est pas le meilleur endroit, mais ça fera l'affaire. J'ai survécu cinq ans toute seule, je peux le refaire.

Respire profondément, me rappelé-je, et je repense à la dernière fois où j'ai escaladé un arbre pour me protéger… C'était la fois où Dušan m'avait trouvée dans la forêt, quand j'aurais dû fuir et ne pas le laisser entrer dans ma vie. Même mes os tremblent à ce souvenir de lui si près de moi, sa présence et son odeur qui m'engloutissent, qui me revendiquent avant qu'il ne m'ait marquée.

Je porte la main à ma nuque, à l'endroit où il m'a mordue. La peau est lisse maintenant, mais la chair est sensible sous mes doigts.

Après tout ce que j'ai traversé (voir ma maman se faire dévorer par les infectés, me battre contre des loups sauvages, et être enlevée), j'ai eu le tort de penser que j'avais peut-être trouvé mes partenaires.

Parce qu'il n'y a rien de tel pour moi.

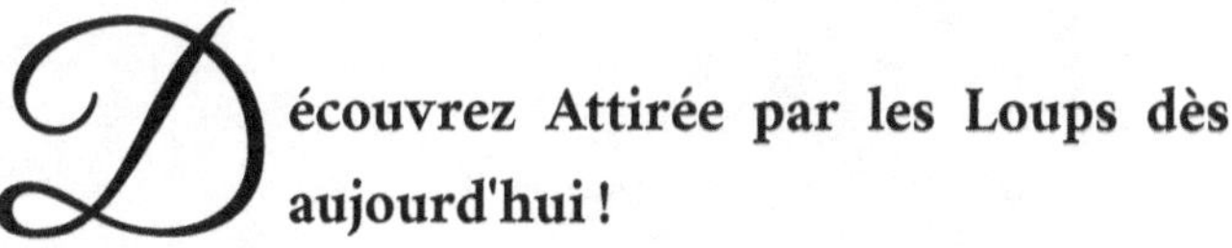

écouvrez Attirée par les Loups dès aujourd'hui !

À PROPOS DE MILA YOUNG

Auteur à succès, Mila Young aborde tout avec le zèle et la bravoure des héros de contes de fées, dont les aventures ont enchanté son enfance. Elle élimine les monstres, réels et imaginaires, comme s'il n'y avait pas de lendemain. Le jour, elle joue du clavier en tant que génie du marketing. La nuit, elle combat avec sa puissante épée-stylo, réinventant des contes de fées, où les héros sexys vivent des histoires fantastiques. Durant son temps libre, elle aime imaginer qu'elle est une valeureuse guerrière, câliner ses chats, et dévorer tous les romans fantastiques qui lui passent sous la main.

À propos de Mila Young

Envie de lire d'autres romans de Mila Young ? Inscrivez-vous ici dès aujourd'hui. www.subscribepage.com/milayoung

Rejoignez le **groupe des Lecteurs Fantastiques** de Mila pour des contenus exclusifs, les dernières infos, et des avantages.

www.facebook.com/ groups/milayoungwickedreaders

Pour plus d'informations...
www.milayoungbooks.com
milayoungarc@gmail.com

www.ingramcontent.com/pod-product-compliance
Lightning Source LLC
Chambersburg PA
CBHW050139120726
47903CB00002B/423